A VIDA SEXUAL DA MULHER FEIA

LIVROS DA AUTORA PUBLICADOS PELA **L&PM** EDITORES:

Dez (quase) amores (**L&PM** POCKET)
Dores, amores & assemelhados
Louca por homem (**L&PM** POCKET)
Só as mulheres e as baratas sobreviverão
Vida dura (**L&PM** POCKET)
A vida sexual da mulher feia (**L&PM** POCKET)

Claudia Tajes

A VIDA SEXUAL DA MULHER FEIA

www.lpm.com.br

L&PM POCKET

Coleção **L&PM** POCKET, vol. 904

Texto de acordo com a nova ortografia.

Primeira edição na Coleção **L&PM** POCKET: outubro de 2010
Esta reimpressão: fevereiro de 2019

Capa: Ivan Pinheiro Machado
Revisão: Hannah Celtan e Patrícia Rocha

CIP-Brasil. Catalogação na Fonte
Sindicato Nacional dos Editores de Livros, RJ.

T141v

Tajes, Claudia, 1963-
A vida sexual da mulher feia / Claudia Tajes. – Porto Alegre, RS: L&PM, 2019.
144p. – (Coleção L&PM POCKET; v. 904)

ISBN 978-85-254-2074-9

1. Romance brasileiro. I. Título.

10-3924. CDD: 869.93
CDU: 821.134.3(81)-3

Rua Comendador Coruja, 314, loja 9 – Floresta – 90.220-180
Porto Alegre – RS – Brasil / Fone: 51.3225.5777

Pedidos & Depto. Comercial: vendas@lpm.com.br
Fale conosco: info@lpm.com.br
www.lpm.com.br

Impresso no Brasil
Verão de 2019

Para Mirian Tajes,
uma mulher muito bonita.

SUMÁRIO

APRESENTAÇÃO

Eu sou aquela que, quando cruza a sala a caminho da xerox ou levanta para pegar café na garrafa térmica, ouve dois colegas do escritório falando em voz supostamente baixa: entre a Ju e a morte, quem você escolheria?

Eu sou o que todo mundo chama de *mulher feia*. Não *muito feia*, tipo de mulher que, segundo alguns, tem lá os seus encantos. Cansei de ler que Cleópatra era muito feia e, ainda assim, teve Júlio César e Marco Antônio e mais centenas dos homens que quis. Mas claro que ser rainha devia facilitar um pouco as coisas.

Nas festas de fim de ano da empresa, quando todas as garotas ganham algum prêmio, A Melhor Bunda, A Melhor Boca, Os Melhores Peitos, As Melhores Coxas e outros reconhecimentos que não dependem de dedicação ou esforço – só de Deus e, eventualmente, de um professor de ginástica –, eu sou aquela que nunca leva nada. O Melhor Pescoço já me deixaria satisfeita. Ou então As Melhores Orelhas. O Melhor Nariz eu jamais ganharia, que o meu é um tanto grande para os padrões da sociedade atual. Talvez as coisas fossem diferentes se eu tivesse nascido na época da Cleópatra.

Eu sou aquela que muda o cabelo e sempre fica pior, que sai de roupa nova e ninguém repara, que passa festas inteiras fingindo que dança com os amigos, quando na verdade está dançando sozinha. O que poucos sabem é que, para mim, tudo isso tem uma finalidade científica: já faz algum tempo que estudo a sexualidade da mulher feia, assunto que, até onde posso lembrar, jamais foi abordado pelas revistas femininas, pelos programas para donas de casa no meio da tarde, pelos livros de autoajuda.

É importante deixar claro que o objeto das minhas observações sou eu mesma, embora existam pontos em comum entre as experiências aqui descritas e as de outras mulheres, todas feias, evidentemente. Histórias que ouvi desde pequena nas conversas da minha família, nas confidências das amigas, nas vezes em que escutei sem querer e quando fiz força para escutar, nos banheiros públicos, nos ônibus estourando de gente e nos bares lotados de moças e velhas tristes.

Os capítulos a seguir se referem a tudo isso e me levaram a concluir, ao fim do meu estudo, que a mulher feia não é apenas uma deformação da estética.

A mulher feia é um estado de espírito.

I. AS TESES DA MULHER FEIA

1. O NOME

Os pais de uma menina recém-nascida não podem imaginar que um dia ela se transformará em mulher feia. Mas, talvez seguindo algum instinto, eles dificilmente darão à filha um nome bonito.

Não existe mulher feia chamada Nicole e raramente uma delas atenderá por Júlia, Letícia, Bárbara, Yasmim. Em compensação, são incontáveis as Crisleines, Rosineides, Greicelanas, Claudiomaras e todos os nomes que unem outros dois, ou até três, num único, e inédito, substantivo próprio.

Eu mesma fui registrada como Jucianara, e, nas vezes em que reclamei com a minha mãe por me chamar assim, ela respondeu:

– Não poderia haver nome que combinasse mais com você.

2. A CRIAÇÃO

Começo este capítulo ignorando minha infância por considerar que toda criança é bonita, embora não parecesse ser essa a opinião de meus colegas, amigos, parentes em geral, irmãos e pais. Minha avó materna não cansava de elogiar minha meiguice, ao mesmo tempo em que falava da beleza dos outros netos.

Hoje entendo isso como um prêmio de consolação, semelhante à minha maior glória escolar, quando fui coroada Miss Simpatia. Categoria de premiação que conta muito mais com a compaixão dos jurados que com os atributos das concorrentes.

Saí da infância levando todos os quilos que deveriam ter ficado nos parques e pracinhas por onde pulei e corri. Muitos se juntaram àqueles durante o meu desenvolvimento, e, dos onze aos dezessete anos, posso dizer que aumentei muito mais em volume do que em estatura, padrão que conservaria ao longo da vida.

Minha pele, meus cabelos, minha boca, minhas pernas nunca se pareceram com essas mesmas partes que, desde muito cedo, vi nos comerciais de sabonetes, cremes e shampoos. E ainda que, eventualmente, eu aplicasse os tais produtos, isso nunca melhorou minha aparência. Meu cabelo continuou indomável, crescendo para cima e para os lados. Minhas pernas não ficaram longas e lisinhas. Meus seios, que de incipientes logo passaram a inconvenientes numa época em que o silicone ainda não dominava o mundo, continuaram sofrendo a ação da gravidade dia após dia. Finalmente, minhas espinhas não desapareceram com os cosméticos oleosos que deveriam me deixar mais bonita. Talvez tenham mesmo aumentado e se tornado resistentes a todos os tipos de tratamentos, verdadeiras espinhas-mutantes, como eu as chamava.

Complementando o quadro, um guarda-roupa sem nenhuma influência da moda determinava o meu estilo. As roupas escolhidas pela minha mãe, sempre calças e camisas, com certeza cairiam melhor em qualquer um dos meus irmãos. As demais eram doadas por uma prima mais velha, o que me obrigava a andar sempre um outono/inverno/primavera/verão atrás das tendências em uso. Se as mulheres desfilassem pantalonas, eu estaria com as calças justas que minha prima não queria mais. Quando as garotas vestissem minissaia, eu, qual uma muçulmana radical, me cobriria com longas saias vindas diretamente da estação passada.

Preciso acrescentar que o fato de a minha família de classe média baixa não ter condições financeiras ou mesmo informação para permitir que eu me vestisse com mais acerto não contribuiu, decisivamente, para piorar minha aparência. Lembro de uma colega de aula muito feia, Andremara, filha do dono de uma revenda de automóveis, que a cada dia desfilava modelos vindos diretamente das lojas que eu mais admirava. Longe de valorizar o investimento do pai, as roupas apenas realçavam o mau aspecto da garota atarracada e baixinha, atraindo, ainda, a inveja das outras colegas. Com exceção de mim, todas mais bonitas. Como eu, todas mais pobres que ela.

No dia em que foi à aula vestindo um macacão de inspiração espacial, semelhante ao que uma atriz da novela das sete havia usado alguns dias antes, Andremara recebeu o apelido de Salsichão do Futuro. E até sair da escola chorando, no fim do ano, nunca mais foi chamada por outro nome.

3. A psique

Em qualquer situação, a mulher feia é sempre aquela que mais rapidamente se sentirá à vontade. Este fenômeno, observado nos mais diferentes grupos, eventos, encontros e ocasiões sociais, pode ser explicado com a antítese do que o marketing e as revistas de celebridades proclamaram como norma principal, nos nossos dias: a mulher feia não precisa cultivar a própria imagem.

Tomemos o exemplo de uma festa.

Enquanto a mulher bonita chega cercada por certo mistério, economizando nos sorrisos e nas palavras, a mulher feia se desvenda logo na entrada, cumprimentando os convidados um a um e distribuindo sorrisos até para os seguranças. É certo que ela se abraçará a vários dos homens e mulheres presentes, independentemente de seu grau de intimidade com eles, declarando seu apreço e gritando perguntas que exigiriam mais privacidade e proximidade para as respostas.

Toda mulher feia se diverte como se cada festa fosse a última.

Presença confirmada nas *rodinhas*, formações criadas para as sem-par e as sem-esperança-de-conseguir-um dançarem até o amanhecer, ela não se furta a executar passos de mambo, salsa, samba, macarena, axé, pagode, remelexo, fandango, forró, boi-bumbá, frevo e demais danças populares. Nessa mesma ocasião, a mulher feia mostrará também outra das suas características, a generosidade, atraindo para a *rodinha* mais mulheres feias que, por alguma razão, ainda se mantenham sentadas.

A solidariedade também é um traço marcante da espécie.

Sempre disposta a ajudar, a mulher feia ocupa seu tempo livre executando tarefas de diversas naturezas para parentes, amigos, colegas, vizinhos e simples conhecidos: entrar em filas, pagar contas, visitar doentes que nunca viu, resolver pendências em bancos, crediários, companhias de água e eletricidade, lavanderias, sapatarias, lojas e afins, fazer carnês em seu nome para terceiros, acompanhar velórios e enterros de desconhecidos que ela chora como se fossem queridos, desembaraçar documentos, telefonar para obter informações e liberações, pedir graças e cumprir promessas. A não ser nos casos em que, ao fracasso estético, se associar também o amargor da alma, por certo decorrente do primeiro, a mulher feia será sempre descrita como *prestativa, simpática, confiável, boa-praça, ser humano exemplar* e *grande companheira.*

II. O AMADURECIMENTO DA MULHER FEIA

1. A DESCOBERTA

Antes de tomar consciência da sua feiura, a mulher feia vai, invariavelmente, descobrir o amor.

Fiz esta constatação ainda no pré-primário, primeira experiência de convívio com crianças da minha idade. Mais de trinta anos depois, lembro com exatidão das folhas com desenhos dos alunos coladas pelas paredes, do cheiro da sala, mistura de tinta, cola e uniformes suados, da professora ruiva que quase não me dava atenção, sempre ocupada com as meninas bonitinhas da classe, da minha melhor amiga, uma gorducha estrábica chamada Lucilei. E dele, Artur.

Artur era loiro, com olhos cor de mel, muito mais parecido com um príncipe que o ator mirim contratado para este papel no quadro "Boa-noite Cinderela", do *Programa Sílvio Santos.* Numa época em que os Simpsons e Bob Esponja jamais seriam entendidos pelas famílias brasileiras, meus pais, irmãos e eu nos reuníamos na frente da televisão para ver uma garota pobre ganhar bonecas, bicicleta, vitrola, brinquedos e mais o que me parecia uma montanha de prêmios, só não sei ao certo depois de fazer o quê. Nada que envolvesse pedofilia, acho. Pois Artur, o príncipe, sentava na mesma mesa que eu, a cadeirinha quase encostada na minha, e vê-lo sempre ali me fez perceber que a minha curta vida só tinha sentido perto dele.

Comecei a pedir para chegar mais cedo ao colégio, e mais cedo, e mais cedo, a ponto de almoçar de pé, com a merendeira já nas costas, para sair tão logo o primeiro adulto cruzasse os talheres. Geralmente era meu pai, que, contrariado, levantava da mesa às pressas para me deixar na porta da escola ainda fechada. Eu não me importava de esperar ali, sozinha, até que as crianças começassem a chegar, a maioria delas praticamente empurrada para dentro dos portões. Assim eu veria Artur desde que sua cabeça dourada surgisse na rua, e aproveitaria essa visão até a campainha que anunciava o fim das aulas ser tocada pela diretora da escola, mulher de feiura indiscutível. E então Artur desapareceria, levado pelas mãos de uma mãe tão loira quanto ele.

Mesmo antes de saber que o que eu sentia era amor, cumpri, passo por passo, a sina de uma feia apaixonada.

Tentando conquistar Artur, passei a entregar a ele minha merenda, em um primeiro momento, e meus brinquedos, logo depois. Ioiô, bola de gude, pega-varetas, baralho do Batman, anel do Batman, cinto do Batman, dominó, cinco-marias. Tudo que coubesse nos meus bolsos ou na minha merendeira foi transferido para Artur. Minha mãe pensou que eu, em um ataque de desatino infantil, tivesse quebrado todos os meus brinquedos e escondido as provas. Neguei até o fim, o que não evitou que ela me batesse com o Vermelhão, um chinelo gasto de borracha vermelha que ficava pendurado permanentemente na área de serviço, à espera de que algum dos filhos saísse da linha. Quando só sobraram algumas bonecas e panelinhas no meu quarto, recorri ao acervo dos meus irmãos para continuar presenteando Artur. Até mesmo uma revista de mulher pelada que Everton, o mais velho, escondia com todo o cuidado na gaveta do meio da cômoda, virou propriedade de Artur. Lembro da surpresa do garoto quando recebeu o presente.

– Para você.

– O que é?

– Sei lá, mas o meu irmão adora. Tem mulher pelada.

– Mulher pelada?

– Como a sua mãe é, sem roupa. Olhe e você vai entender.

O resto da tarde Artur passou vendo a revista, por certo imaginando a mãe tão nua quanto a modelo das fotos. Às vezes penso no que pode ter acontecido a partir daí: Artur, de quem nunca mais tive notícias, desprezando as muitas mulheres que com certeza o quiseram, tenha ele continuado como o príncipe loiro do meu passado ou não, para sempre apaixonado pela imagem da primeira mulher de pernas abertas que viu. Em seu imaginário, a mãe.

Numa tarde em que a turma fazia colagens com papel colorido, cortei caprichosamente um coração cor-de-rosa e escrevi nele a letra A, a única que eu sabia à época, por sorte a inicial do meu amor. Mostrei para Artur, que olhou de qualquer jeito e continuou fazendo seu próprio trabalho.

Insisti.

– É para você.

– Eu não quero um coração rosa.

Aos seis anos, não sei de onde tirei coragem para dizer:

– Mas tem a letra A, de Artur. É porque eu gosto de você.

– Não quero que você goste de mim. Você é feia.

Artur encerrou o assunto e voltou à sua colagem, enquanto a gorda Lucilei interrompeu o recorte de uma flor toda torta para me informar...

– Ele chamou você de feia.

Rasguei o coração de papel e não disse mais uma palavra. Em casa, a cabeça apoiada no colo da minha mãe, falei o que atormentava meu coração de carne, igualmente rasgado.

– O Artur da minha aula me chamou de feia...

Minha mãe permaneceu quieta, a mão alisando os cabelos duros e crespos que me nasciam na testa.

– Ele me chamou de feia...

– E o que mais você fez na aula hoje?

O silêncio constrangido da mãe ficou, em todas as minhas recordações, durante toda a minha história, pela minha vida inteira, como um atestado de feiura assinado e reconhecido pela autoridade mais competente. Ou mais incompetente, considerando a parte fundamental que os genes dela desempenhavam na minha tragédia estética.

– Ele me chamou de feia...

– Shhhhhh, querida, a novela começou.

A partir de então passei a me classificar como feia, não de maneira depreciativa, mas para retratar minha principal característica, da mesma forma que algumas garotas se descreviam como loiras, ou altas, ou com olhos azuis. Mas claro que eu teria preferido ser uma loira alta de olhos azuis, se me fosse dada a oportunidade de escolher.

Estávamos perto do fim do ano e meus progressos com Artur se limitavam às palavras que eu dizia quando entregava a ele meus pertences. Um dia o garoto não foi à aula, e no outro também não, e nem no outro. Três ausências consecutivas que me deixaram ausente de tudo, sem vontade de pintar o ursinho peludo ou recortar o cãozinho mimoso, como queria a professora. Então a mãe de Artur apareceu para contar que a família estava de mudança para o interior e que o filho não voltaria à escola. Ela entregou para a professora ruiva uma grande sacola transparente em que todos os presentes dados por mim se mostravam e se misturavam, e agradeceu a gentileza da amiguinha que havia emprestado tantos brinquedos para Artur.

Voltei para casa rebocada por nossa empregada, ela carregando os brinquedos, eu sem vontade de caminhar. Em casa, minha mãe espalhou o conteúdo da sacola no chão e aos poucos minhas antigas propriedades foram voltando a seus lugares nas prateleiras. Assim como as de meus irmãos.

– Meu peão! Por que você levou meu peão para a escola?

– Meu Matchbox* de corrida! Eu apanhei com o Vermelhão porque a mãe achou que eu tinha perdido!

Aos gritos, meus irmãos foram reavendo os brinquedos que durante meses eu levei para Artur. Só faltou a revista de mulher pelada, que Artur não devolveu, e pensei na minha sorte, afinal. Se o pequeno pré-onanista não tivesse ficado com a revista, eu sofreria duplamente as consequências do roubo, na mão de meus pais e do meu irmão Everton.

---

* Marca de carrinhos de brinquedo. (N.E.)

Para encerrar o caso, minha mãe me bateu com o Vermelhão, mas só burocraticamente. Ou então fui eu que não senti, com tudo o que a minha alma doía.

2. O primeiro beijo

Antes de ser uma mulher feia, eu era uma adolescente feia. Não vou me deter aqui – até por não haver quem não os conheça – nos desatinos hormonais que ocorrem nesse período, e que se traduzem em espinhas, excesso de peso, cheiros ácidos e uma tristeza tão grande que é quase um milagre as estatísticas não apontarem números mais expressivos de adolescentes suicidas. Só gostaria de observar que, para algumas pessoas, as espinhas, o excesso de peso, os cheiros ácidos e a tristeza não passarão quando essa fase chegar ao fim.

Foi o meu caso.

Eu tinha então quinze anos e gostava de um garoto que era meu colega desde a segunda série do primário. *Gostava* não conta exatamente o que eu sentia: eu amava, idolatrava, sonhava, esperava, desejava e, como é próprio da idade, também me masturbava com a simples lembrança dele. Ao contrário de mim, Paulo André, como se chamava o meu colega, estava atravessando a puberdade sem perder o aspecto humano e era, sem dúvida, o cara mais bonito da escola. Mesmo com grande parte das meninas do colégio igualmente apaixonadas por ele, decidi que Paulo André seria o primeiro homem a me beijar. E que minha boca não descansaria enquanto não soubesse o gosto de sua boca.

A conquista de Paulo André se revelou um fracasso. Embora nunca tenha repetido o ano, eu não era uma aluna inteligente o bastante para que alguém quisesse colar de mim nas provas. Paulo André não quis, apesar dos meus oferecimentos, e o plano de me aproximar dele por meio de um desempenho invejável em matemática deu em nada. Nos aniversários que se seguiram, os poucos para os quais eu fui convidada, ele não dançaria comigo e com minhas calças de tecido listrado, mas com todas as outras garotas de calça Lee. Embora eu implorasse por uma daquelas, minha mãe achava deselegante ir a festas usando jeans. E, no tempo a que me refiro, era a mãe quem mandava quando você tinha quinze anos.

Quando fiz dezesseis, Paulo André namorava uma menina da nossa turma há alguns meses, o que me fez ficar um pouco mais feia, eu que vivia com o rosto inchado de chorar. Foi então que Renan, meu primo, uma das raras pessoas do mundo capaz de fazer sombra às minhas espinhas, confessou, no portão de casa, que me adorava desde a nossa infância.

Deixei que Renan me beijasse por pena, só não sei se dele ou de mim. A língua do meu primo era áspera e passei todos aqueles segundos, que hoje sei terem sido muito breves, com a sensação de que o gato de estimação da minha mãe, um bicho gordo e velho chamado Sininho, estava me beijando na boca.

Depois disso Renan saiu correndo e não apareceu mais, nem na noite seguinte, quando o esperei no portão, nem nos almoços de família, nos aniversários de parentes ou no Natal. A mãe dele, minha tia, justificava as ausências alegando que o filho praticamente não saía mais do quarto, estudando para o vestibular. Mas eu sabia que o desaparecimento do meu primo estava relacionado ao nosso beijo. E chorava.

Chorei tanto que acabei esquecendo Paulo André. Naqueles dias, minha boca, em plena adolescência, já não conservava ilusões sobre sentir o gosto de um homem tão bonito.

Voltei a ver meu primo muitos anos mais tarde, no casamento dele com uma loira classificada no terceiro lugar de um concurso de modelos. Quis perguntar o que o fez fugir naquela noite, mas não houve tempo. Renan, que já não tinha espinhas, apertou formalmente minha mão e logo dirigiu sua atenção ao casal atrás de mim na longa fila de cumprimentos.

3. O DEFLORAMENTO

Mulheres costumam esconder sua primeira vez no sexo. Com as mulheres feias a tendência é acontecer o mesmo, com uma diferença: no caso delas, é o deflorador quem prefere evitar a divulgação do fato.

Marcos era o irmão de um colega do terceiro ano, a única pessoa do sexo masculino que parava para conversar comigo na rua. Todos os outros, incluindo meu pai e meus dois irmãos mais velhos, limitavam-se a um movimento de cabeça, isso quando fosse totalmente impossível evitar o cumprimento.

Era uma tarde quente e eu havia ido ao supermercado perto de casa comprar jujuba. Quando lembro dessa época, todas as minhas recordações vêm com gosto e cheiro de jujubas. Eu seria capaz de comer trinta pacotes por dia, tinha compulsão por elas. Talvez fosse mais honesto dizer que ainda tenho e que, às vezes, chego a ir ao cinema apenas para pedir, na *bombonière* da entrada, antes mesmo de comprar o ingresso: um pacote com muitas *jujubas vermelhas*, por favor.

– Não me oferece?

A voz atrás de mim era a de Marcos. Estava tão preocupada com as balas que não o vi no supermercado. Mas ele me alcançou na rua e agora eu era forçada a oferecer minha última jujuba, justamente uma vermelha, a maior e mais cheia de açúcar, reservada com cuidado para o *gran finale* do pacote.

Caminhamos lado a lado sem falar, o silêncio cortado pelo barulho de saliva que Marcos fazia ao chupar a jujuba. Então, depois que ouvi o som da minha bala descendo pelo tubo digestivo dele, minha bala prestes a ser desintegrada pelos ácidos de outro estômago, uma pergunta me surpreendeu.

– Vamos ver televisão no meu quarto?

Era a primeira vez que um cara queria a minha companhia para alguma coisa, ver televisão trancado no quarto, que fosse. Cheguei a esquecer a tristeza pela jujuba perdida.

– Vamos, claro. Só espere um segundo para eu avisar minha mãe.

– Melhor não dizer nada. Daqui a pouco você volta e pronto.

Fiquei encantada com a determinação de Marcos e a sensação de ser dominada por uma vontade mais forte e mais poderosa. Desconsiderando as inúmeras oportunidades em que fui obrigada a fazer o que meu pai e meus irmãos mandavam, aquela foi a primeira vez em que me senti subjugada por um homem. Uma experiência que dali em diante se repetiria sempre, na minha trajetória de mulher feia.

Marcos abriu a porta de casa com pressa. Em seguida, fechou todas as cortinas e procurou a presença improvável de alguém em cada cômodo. Àquela hora, três da tarde, seus pais estavam no trabalho, o irmão provavelmente fumava maconha com algum amigo e a empregada já sacolejava em um ônibus rumo à periferia. Sentei na beirinha da cama enquanto ele dava duas voltas na chave.

– Para garantir que nada vai nos atrapalhar.

Marcos ligou a TV e sentou ao meu lado na cama, me abraçando pelas costas. Naquela época eu estava um tanto mais larga que hoje, o que o levou a esticar bem os braços para completar minha circunferência.

Tentando manter os olhos fixos na reprise de um dos episódios de *Skipy, o canguru amestrado*, a que ainda ontem eu assistia ao lado da minha mãe, na inocente sala da nossa casa, senti a orelha subitamente inundada por algo mole e úmido. Demorei alguns segundos para perceber do que se tratava, a língua de Marcos, ainda mais viscosa devido aos resíduos de jujuba que certamente se acumulavam nela. Da orelha a língua passou rápida para a minha boca, não sem antes deixar sua marca pegajosa em todo o meu rosto.

Satisfeita por provocar os sons altos e roucos que Marcos emitia, concordei quando minha mão foi guiada para o meio das pernas dele. O que agora eu segurava há tempos era o principal tema dos meus assuntos com outras garotas, todas feias, já que as bonitas não me aceitariam em suas turmas. Conversávamos durante horas sobre ELE, nossa curiosidade maior, o grande mistério do mundo, talvez não tão grande, no caso de Marcos. Eu precisaria viver mais para avaliar aquela estrutura carnosa, fina e dura, com tufos de pelo que teimavam em se enroscar no meu anel em formato de coração.

Em poucos segundos, a mão cedia lugar para a minha cabeça, firmemente empurrada naquela direção. Havia muitos cheiros ali, todos tão desconhecidos quanto identificáveis: jogo de futebol no intervalo da aula, suor do meio-dia, a Coca-Cola não aproveitada pelo corpo. Ainda me entretinha com essas descobertas quando minha bermuda com elástico na cintura foi puxada perna baixo. Não sei de onde me veio a coragem para revelar a Marcos minhas intimidades até então jamais expostas. Pena ter que mostrar também minha barriga saltada e branca.

Foi tudo muito rápido. Doeu um pouco, e mais nada. Marcos levantou e disse para eu me vestir. Fiquei de bunda para cima procurando a bermuda, que só achei minutos depois, toda enrolada embaixo da cama.

Continuamos com aquilo pelos meses seguintes. Depois de comprar o pacote de jujubas, que passou a ser repartido em duas porções iguais, eu corria para o quarto de Marcos. Alguns caras da vizinhança começaram a especular sobre o que acontecia lá, mas nem os meus irmãos deram importância. Em respeito à minha reputação, ou à sua própria, Marcos negou o boato com convicção.

Um dia, assim que saiu de cima de mim, ele me falou que estava gostando de uma garota do colégio e que devíamos parar de nos encontrar. Respondi que aceitaria dividi-lo sempre que fosse preciso e que, por mim, seguiria tudo igual. Uma legítima frase de mulher feia que, sem saber, eu então usava pela primeira vez.

Marcos não quis.

Chorando rua acima, já em busca de uma desculpa para explicar em casa tanto desespero às quatro horas de uma terça-feira, meu consolo era saber que, a partir daquela tarde, eu nunca mais dividiria minhas jujubas com ninguém.

III. BREVE HISTÓRICO DOS AMORES DA MULHER FEIA

1. Visão geral

Algumas mulheres feias compensam a falta de dotes físicos com o grande desenvolvimento de sua capacidade intelectual. Como resultado, tornam-se profissionais brilhantes em qualquer área que atuem, das científicas às humanísticas. Em casos específicos, isso tem contraindicações. O fato de o feminismo, em seu início, ter como uma de suas principais mentoras uma feia, a americana Betty Friedan, fez com que, durante muito tempo, o movimento fosse visto como produto das frustrações de mulheres mal-amadas. A entrada em cena de Gloria Steinem, feminista loira, bonita e gostosa, certamente azedou ainda mais o rosto e a alma de Betty, ao atrair para uma militante menos preparada filosoficamente, porém milhões de vezes esteticamente mais bem-acabada, todas as atenções da imprensa e da sociedade.

Sabe-se que Betty, agora longe dos tempos de celebridade, faz palestras pelo mundo em companhia de um homem pequeno, calado e sem brilho, que muitos supõem ser seu marido. E o que levaria uma mulher fulgurante como Betty a andar com um homem assim, se não fosse a própria feiura?

Mulheres feias costumam se envolver com os caras menos indicados pelo bom-senso. Casados, desempregados, trabalhadores mal remunerados, problemáticos em geral, todos viram excelentes partidos, dependendo da solidão de quem os acolhe. Uma corrente defende que selecionar mal os parceiros não seria prerrogativa das feias, mas das mulheres, como espécie.

Concordo em parte. Com as feias, o quadro é sempre potencializado.

Só quem sentiu na pele a dor de ser sempre preterida por outra, qualquer que fosse a outra, pode avaliar a importância do galanteio dirigido pelo marido beberrão da vizinha do 401. Se ele seguir com as gracinhas sempre que a mulher feia atravessar o saguão do prédio com suas sacolas de supermercado e seus sapatos de salto baixo, tem grandes chances de virar seu amante.

A lista de candidatos, nesse caso, é imensa.

O rapaz com dois ou três dentes faltando que entrega folhetos no sinal de trânsito.

O policial (casado, como a mulher feia saberá já no motel) contratado para fazer a ronda na quadra do prédio em que ela mora.

O homem que instala TV a cabo pirata.

O genro do zelador do prédio em quem a família passa as férias desde que a mulher feia era menina.

O ex-colega gordo que repetiu quatro vezes a sétima série, um que, por ordem do pai militar, usava o cabelo quase raspado, reencontrado por acaso em uma parada de ônibus, gordo como sempre e ainda careca, agora por razões alheias à vontade dele ou do pai.

O dono do armazém da outra quadra, com a barriga sempre para fora da calça e a esposa no caixa.

O motorista do ônibus que ela pega sempre na mesma hora, sincero o bastante para confessar outras várias namoradas ao longo do trajeto e do dia.

O advogado recém-separado depois de 25 anos de casamento. Fuma muito, tem insônia e problemas de ereção. Terminará voltando para a família depois de a mulher feia passar noites e noites acordada, tentando o sexo oral para reanimá-lo.

É muito provável que a mulher feia passe a vida inteira pulando de desamor em desamor, enquanto pensa ser amada. Ao mesmo tempo, seria muito preconceituoso afirmar que apenas as feias estão condenadas a *love stories* de segunda categoria: muitas das bonitas também gastarão seus melhores anos e esperanças em romances tristes e equivocados.

A diferença é que elas têm mais escolhas.

É importante ressaltar a grande capacidade de superação da mulher feia. Cada relacionamento desfeito serve de incentivo para um próximo e assim por diante. É característica da mulher feia não ficar sozinha por longos períodos, dividindo sua feiura com quem se disponha a acordar com ela.

A seguir, sem ordem cronológica, alfabética ou mesmo moral, relato algumas das histórias que vivi, como ilustração para a minha tese.

2. Róbson

Morei no mesmo endereço desde que me entendo por gente, dividindo uma casa de três quartos, construção de alvenaria, com meus pais e dois irmãos mais velhos.

Everton e Emerson, meus irmãos, tinham apenas onze meses de diferença e passaram a infância e a juventude aos socos. Everton acusava Emerson de ter usurpado seu lugar de filho único, e Emerson transferia a culpa para nossos pais e sua pressa reprodutiva. Everton, em seguida, chamava minha mãe para contar que Emerson culpava a ela pela infelicidade da família Costa. A questão era invariavelmente resolvida pelo Vermelhão, o chinelo de borracha pendurado na área de serviço. Ele encerrava, de forma instantânea, nossas brigas e discussões, e deixava as bundas de Everton e Emerson tão vermelhas quanto ele.

Quando rodei pela terceira vez na oitava série, meu pai decidiu que eu iria trocar de colégio.

– Só pode ser o método de ensino. A menina não é débil mental, nós fizemos os testes.

Durante a infância inteira dos filhos, meus pais suspeitaram que todos sofressem de disritmia, uma anomalia tão em alta no início dos anos setenta quanto a cirurgia para a retirada das amígdalas. Por causa disso, perdi a conta dos eletroencefalogramas que fui obrigada a fazer e quase posso garantir que minha mãe se decepcionava a cada novo veredicto de normalidade. Já minhas amígdalas, felizmente, foram extirpadas uma vez só. Seja como for, diante de mais um fracasso escolar, meu pai usava a minha comprovada capacidade cerebral para culpar a escola em que eu estudava.

Estudava, no caso, era apenas um modo de dizer.

Como tantas outras garotas feias, espinhentas, acima do peso, de óculos fundo de garrafa e malvestidas, eu fui sempre excluída de todas as turmas escolares que frequentei, obrigada a buscar amigos tão excluídos quanto eu para sobreviver.

A gorda que fumava desde os dez anos de idade.

O garoto com fama de burro que, já adolescente, não conseguia vencer o primário.

Os filhos de faxineiros, garis, empregadas domésticas, camelôs e demais profissões marginalizadas até mesmo entre estudantes de colégios públicos.

Todos os que usavam Conga, o tênis-símbolo dos menos favorecidos, naqueles dias.

Pois esse era o grupo do qual eu fazia parte. Sempre preocupados em evitar que os colegas os expusessem ao ridículo, seus membros seriam mais facilmente encontrados no pátio da escola, fumando e pensando em estratégias para fugir dos deboches dos outros colegas, do que nas aulas de português, geografia e matemática. Mas isso meu pai não sabia e então eu fui matriculada em outra escola pública, distante quatro bairros da nossa casa, o que me fez descobrir um novo universo, cheio de aventuras e possibilidades. O ônibus.

Agora eu pegava dois ônibus por dia, para ir e voltar da escola, isso quando um trabalho fora do turno não me obrigava a tomar o caminho da escola em horários alternativos.

E como eu torcia para que isso acontecesse.

No ônibus fiz muitas e novas amizades. Logo eu conhecia todos os motoristas e cumprimentava um bom número de trabalhadores e estudantes que, como eu, sacolejavam pontualmente no coletivo às sete da manhã, rumo a seus destinos.

Conversando com os motoristas aprendi que os ônibus têm seis marchas, que vários profissionais do volante apresentam varizes e hemorroidas devido ao tempo que passam sentados e que os bancos com revestimentos plásticos dos veículos podiam ser usados como prova contra as companhias de transporte em ações de danos físicos e morais, devido às assaduras que costumavam provocar em seus ocupantes.

Nos ônibus aprendi também que motoristas e cobradores, a maioria deles, têm diferentes namoradas nas diferentes paradas do trajeto. Mas isso não impediu que eu caísse de amores por Róbson, o cobrador bonito como nenhum outro que, em incontáveis viagens de ônibus posteriores, cruzou o meu caminho.

– Posso ficar devendo dez centavos?

A voz dele era um pouco mais fina do que seria de se esperar para um homem daquele tamanho, mas a entonação da pergunta tinha qualquer coisa de sensual e misteriosa. Depois eu veria que o tamanho de Róbson era na verdade uma ilusão causada pela cadeira de cobrador que ele ocupava. Mas a essa altura, sem trocadilhos, eu já estaria completamente apaixonada.

– Claro, moço. O que são dez centavos, afinal?

Resposta: dez centavos era a quantia que faltava para completar minha passagem de volta, mas eu conseguiria uma moeda emprestada com algum colega, se tudo corresse bem. Aproveitei que agora era credora do cobrador para falar com ele durante o trajeto inteiro, e me informar dos horários que fazia, e da vida que levava, e das mulheres que tinha, e que ele jurou não ter. Desci depois de apertar a mão de Róbson, um tanto pegajosa devido ao ofício de pegar dinheiros vindos dos mais diversos bolsos suados e carteiras velhas.

– Amanhã pego o ônibus no seu horário para a gente continuar a conversa.

Na saída do colégio, não tendo conseguido dez centavos emprestados, só me restou entrar no ônibus com o valor da passagem incompleto e apelar para a compreensão de outro cobrador, de bigode fino e maus modos.

– Posso ficar devendo dez centavos?

– Mas vocês são folgados, hein?

O cobrador se dirigia a mim, mas falava na primeira pessoa do plural, como a me culpar por todos os passageiros sem moeda que já haviam entrado no ônibus. Quando desci, ainda gritou pela janela.

– Se vocês não têm dinheiro, caminhem!

Reencontrar Róbson passou a ser minha missão. Para cumpri-la, eu iria muitas vezes à escola, nas tardes seguintes, mentindo para minha mãe sobre trabalhos, estudos e um fictício coral, em que eu jamais seria aceita com minha desafinação congênita.

Em uma dessas tardes, debruçada na roleta, tomei a iniciativa de convidá-lo para um cinema.

– Pode ser na minha folga, na quarta. Mas você escolhe o filme, que eu não tenho muita ideia para isso.

Não pensei em mais nada até a quarta-feira, nem na prova de física que eu teria e que se juntou a meus outros fracassos estudantis. *Velocidade máxima*, *Ases do volante*, *Comboio*, *Se meu fusca falasse*. Eu deveria escolher um filme ligado ao setor automotivo ou Róbson preferiria variar o assunto? No dia e hora marcados, esperei por ele na frente do cinema. Em cartaz, *Uma linda mulher*, sugestão de uma amiga, Cleidiana, o oposto do título a que assistiríamos em seguida.

Quando Róbson chegou, pude ver que tínhamos quase a mesma altura, mas que minha maior concentração de massa fazia com que ele parecesse bem menor. Estranho encontrar alguém longe do seu ambiente natural. Fora da cadeira de cobrador, Róbson ficava menos altivo e mais comum, a ponto de poder, facilmente, ser confundido com um passageiro qualquer.

Apesar do romantismo do filme, ele não me beijou e sequer tocou na minha mão. Nos despedimos na porta do ônibus que me levaria para casa.

– Foi ótimo, coração. Qualquer hora a gente repete a dose.

Foi ótimo, coração. Desde a experiência com Marcos (ver em O DEFLORAMENTO), essas eram as palavras mais íntimas jamais ditas por um homem a mim. Mesmo que ele falasse a uma distância respeitosa, que tanto podia indicar respeito quanto repulsa.

Continuamos nos vendo no ônibus quase todas as tardes. E depois de meses de conversas, cinemas eventuais, de eu fazer alguns pequenos favores para Róbson, como pagar contas em lojas do centro da cidade e levar as pulseiras de prata dele para passar antioxidante em casa, tomei coragem para dizer:

– Róbson, estou gostando de você.

Desde a minha primeira declaração de amor para Artur, meu colega do jardim de infância (ver em A DESCOBERTA), eu havia intuído que, à mulher feia, sempre cabe a iniciativa. O homem opta por manter-se reservado, talvez seu único recurso para evitar uma possível abordagem.

Róbson fingiu contar algumas notas de um real amarfanhadas e dedicou sua atenção aos passageiros que acabavam de embarcar. Tão logo eles passaram pela roleta, voltei ao assunto.

– Ouviu? Eu estou gostando de você.

– Me espere às nove no fim da linha. E agora eu preciso trabalhar.

Eu faria qualquer coisa para estar às nove da noite no fim da linha. No caso, como minha mãe me proibisse de andar pela rua depois de escurecer, o que fiz foi sair de casa escondida, deixando na cama um amontoado de roupas para simular meu suposto corpo em repouso.

Fui até o fim da linha conversando com Conceição, uma das poucas cobradoras em atividade naquela companhia de ônibus. Sendo o trajeto longo e o movimento pequeno, pude expor a ela todos os meus sentimentos e expectativas, e ouvir suas recomendações e experiências sobre a conquista de um homem. Conceição era uma mulher bastante feia, com seu cabelo comprido e maltratado de evangélica e um sinal no queixo, de onde um único e longo fio grisalho se projetava com firmeza para o infinito. Até hoje não lembro de nada parecido com aquele fio grisalho nos outros sinais que tive a oportunidade de ver e tocar. O fato é que, muito embora sua aparência pouco compatível com a conquista de homens, Conceição tinha quase três vezes a minha idade, o que talvez lhe conferisse certa autoridade para me aconselhar. "O diabo sabe porque é velho e não porque é diabo", dizia o meu pai.

Certos conselhos de Conceição guardo até hoje, para usar quando algum moço, ou nem tanto, se atravessa no meu coração. Mostre-se sempre menos inteligente do que você é, por menos inteligente que você seja. Encante-se com toda bobagem que ele falar. Só dê a sua opinião depois de ouvir a dele. E logicamente que a sua será a mesma.

Sábia Conceição. Não há ser do sexo masculino, ao menos na espécie humana, que resista a esses mandamentos da bajulação. Durante a vida e os homens, fui aprendendo que os efeitos da fórmula de Conceição podiam ser potencializados com risadas entusiasmadas a cada piada ou trocadilho proferido. Infelizmente para as mulheres, é da natureza do macho contar piadas em grandes grupos ou na intimidade da sua casa. Ao menos na espécie humana.

Esperei com ansiedade o ônibus de Róbson estacionar no pátio. Estávamos ali eu e mais quarenta ou cinquenta funcionários da empresa, motoristas e cobradores deixando o trabalho, outros tantos chegando para substituí-los, além dos retardatários da administração. Róbson surgiu com o cabelo molhado, a camisa de cobrador dobrada em um saco plástico e uma camiseta com cheiro de sabão em pó usada para dentro das calças com preguinhas, o cinto imitando couro traçado arrematando o conjunto.

Era o cobrador mais bonito que eu veria na minha vida inteira.

Ele me convidou para ir na casa de um amigo que morava perto dali, e eu fui. O amigo, um negro, baixinho e homossexual apelidado de Minoria, saiu para comprar algo ou para nos deixar a sós, talvez. Róbson tratou de cumprir sua sina em pleno sofá da sala, com uma Nossa Senhora Aparecida feita de palha nos olhando da estante. Foi mais rápido do que eu gostaria, talvez pela preocupação dele com a volta de Minoria.

Ficamos em silêncio até eu perguntar se Róbson queria um lanche. Na cozinha pequena e organizada, fritei dois ovos que ele comeu raspando no prato um pão de sanduíche que encontrei na geladeira. Depois Róbson me acompanhou até a parada e ficamos falando de futebol até que o ônibus aparecesse, nós dois fanáticos pelo Inter de Porto Alegre.

– Um dia vou levar você ao nosso estádio, pequenina. Palavra do velho Róbson.

Consegui entrar no meu quarto sem ser vista e deitei de roupa, lembrando cada segundo da noite e cada sílaba da palavra que Róbson escolheu para me acariciar: pe-que-ni-na. Com exceção do meu avô, que me chamava de Gordalhona, era minha estreia no campo das palavras carinhosas usadas como expressão de tratamento.

Infelizmente, nunca fomos juntos ao Beira-Rio. Nossa história durou apenas mais alguns encontros, até Róbson sugerir que devíamos esquecer o que havia acontecido e retomar nossa amizade.

– Acredite em mim. Vai ser melhor para os dois, pequenina.

Para mim seria melhor continuar como estávamos, mas não houve argumento que o convencesse. A partir dali, nas vezes em que me ofereci para acompanhá-lo ao apartamento de Minoria, Róbson sempre recusou. Não demorou para que uma garota qualquer aparecesse debruçada na gavetinha em que ele guardava o dinheiro, espaço que eu considerava meu, o que me obrigou a procurar outro e solitário lugar para viajar.

Terminei gostando daquela garota e das que vieram depois dela. Se existe coisa que uma mulher feia sabe é aceitar a derrota e reconhecer os méritos da inimiga. Desta forma, cansei de consolar Róbson quando seus casos chegavam ao fim, e de estimulá-lo a novas conquistas no ônibus para recuperar a autoestima. Quanto a mim, estive com outros cobradores, conheci alguns motoristas e cheguei a me interessar por alguns fiscais. Quando tudo terminou, de todos fiquei amiga.

Como só uma mulher feia seria capaz.

3. Tiaraju

Perto da minha casa morava uma família vinda do interior, nunca se soube exatamente de onde. Era a família Tupã. O pai não trabalhava, e a mãe costurava para mulheres vindas de outras freguesias: as vizinhas jamais faziam a ela encomendas de túnicas ou pantalonas, a moda da época, embora soubessem da sua profissão. Moravam em uma casa pequena, com restos de verde, salmão e branco nas paredes descascadas, e nunca abriam as janelas, qualquer que fosse o tempo lá fora. Chegou-se a comentar, nas conversas sussurradas das donas de casa na calçada, que os Tupãs estavam ali escondidos da polícia, fugidos de algum crime cometido pelo pai, razão das venezianas cerradas e das suas caras, mais fechadas ainda.

Maior que o mistério da família, só o número de filhos: oito, e todos homens. Os mais moços estudavam no mesmo colégio público em que eu fui tantas vezes reprovada, colegas das crianças da nossa rua. Segundo contavam essas crianças, todos pareciam perfeitamente integrados ao ambiente, com amigos, temas feitos e desempenhos muito melhores do que eu jamais tive. Eram, no total, cinco filhos frequentando o colégio, Ubirajara, Ubiratan, Tabajara, Uirapuru e Ubiraci, nomes que levavam à suspeita de fortes raízes tupis-guaranis na gênese da família.

E havia os três filhos mais velhos, de ocupações não sabidas. Um deles, Peri, saía de casa antes de amanhecer e voltava no final do dia, para não mais ser visto até o sol nascer outra vez. Operário? Enfermeiro? Ambulante? Meliante? Por mais que especulassem, as donas de casa da nossa rua nunca encontraram a resposta.

Outro dos rapazes, Sepé, aparentava vinte anos e passava os dias na casa fechada. Quando a trilha da novela das sete precedia a noite em todos os lares da vizinhança, Sepé cruzava o portão com uma sacola azul nas costas e desaparecia na direção da avenida que cortava nosso bairro. Enfermeiro? Guarda-noturno? Músico? Segurança? Transformista? Mais um mistério que as donas de casa, curiosas, não conseguiram desvendar.

A prole se completava com o primogênito da família, Tiaraju. Baixinho e moreno, com os lábios escuros e os cabelos longos e engordurados, Tiaraju passava horas intermináveis no jardim malcuidado da casa, desenhando e pintando em telas e mais telas que, ao escurecer, eram recolhidas pela mãe costureira. Para nós, os vizinhos, tão importante quanto saber que mistérios os Tupãs guardavam era descobrir onde eles armazenavam tal quantidade de quadros.

Foi em uma tarde sem aula, em que o estudo que se fazia necessário para a prova de química da manhã seguinte não foi suficiente para me manter dentro do quarto, que parei em frente ao jardim decadente dos Tupãs e fiquei vendo Tiaraju pintar.

Naquele momento, a triste figura do pintor, com seus cabelos desgrenhados e um esgar no rosto que lembrava o eterno sorriso do Charada, inimigo piadista do Batman, produziu um estranho efeito sobre mim. Eu tinha então dezoito anos e contabilizava envolvimentos rápidos com um vizinho, cobradores e outros trabalhadores do setor dos transportes e, mais recentemente, com o empacotador do minimercado da esquina, chamado João Luiz, que conheci nas minhas compras diárias de jujubas.

Seguindo a lógica da mulher feia, fiquei com João Luiz sem achá-lo atraente ou interessante, apenas porque ele respondeu com simpatia aos meus ois e tchaus. No início, conversamos sobre os diferentes tipos de clientes do estabelecimento e a classificação do Campeonato Brasileiro, e em breve João Luiz passou a me acompanhar até a porta, esticando nossos assuntos por mais alguns instantes. Em seguida, era eu quem ia encontrá-lo nos quinze minutos de folga que a profissão de empacotador propiciava a cada turno, e que João Luiz gastava em um terreno baldio da vizinhança, fumando os cigarros que comprava a granel.

O primeiro beijo foi quando me distraí observando os dois dentes escuros e curvos, quase em forma de cimitarras, que ele apresentava na arcada frontal superior. Enquanto eu pensava que aqueles dentes seriam capazes de partir o dedo de alguém, João Luiz falou, os lábios muito perto dos meus.

– Perdeu alguma coisa na minha boca, Ju? Quer que eu ajude você a encontrar?

Foi um beijo bom, principalmente porque ele não fazia a coisa lambuzando meu rosto inteiro de saliva, como era a prática entre os caras que conheci. A partir dali, as folgas de quinze minutos de João Luiz foram divididas entre o fumo e os beijos, que ele interrompia imediatamente se outro empregado do minimercado chegasse ao local, com a justificativa de nos preservar da curiosidade alheia.

– Ninguém precisa saber de nada. Se alguém perguntar alguma coisa, negue, Ju. Eu prefiro que o nosso relacionamento fique apenas entre você e eu.

Levamos nosso relacionamento, por assim dizer, durante alguns dias e incontáveis beijos, até a mão de João Luiz iniciar a exploração da minha superfície.

– Nossa mãe. Aqui tem trabalho para uma semana, só na parte de reconhecimento do terreno. Sua barriga vai levar uns dois dias para ser toda acariciada. E a coxa, então? Para fazer a volta nela, eu precisaria de 24 horas, no mínimo.

Eu achava graça do espanto dele com o meu tamanho, e João Luiz se divertia descobrindo pedaços humanos um tanto fora das proporções-padrão.

– Isso é um seio ou a cabeça de um careca? Menina, de onde você tirou tanta carne?

Um dia João Luiz me levou para trás do muro do terreno baldio, e a exploração deixou de ser superficial. Ficamos nesse novo formato por algumas semanas até que, em uma quinta-feira, ele recusou o meu abraço.

– Estão falando da gente no mercado, Ju. Não é bom para mim, eu posso até ser demitido. Acho melhor a gente terminar. Não venha mais me encontrar aqui, certo? A gente se vê quando você for comprar as suas jujubas.

Como havia acontecido em casos pregressos e como eu confirmaria em experiências posteriores, todo homem que decide romper com a mulher feia sempre o faz em forma de monólogo: ele fala sem parar, despejando suas razões para o fim, como se à mulher feia restasse apenas aceitar, sem contra-argumentação alguma. Com João Luiz, eu reagi.

– Você que pensa que eu vou continuar comprando naquela espelunca. Prefiro caminhar mais três quadras e dar lucro para o Super Moreira. Até nunca mais.

Pelo menos, diferentemente da experiência com o meu vizinho Marcos (ver em O DEFLORAMENTO), eu jamais ofereci a ele minhas jujubas, que eram devoradas quando tudo terminava e João Luiz reassumia seu lugar junto ao caixa. Homens e jujubas nunca mais se misturaram na minha vida, e talvez eu possa mesmo dizer que meu prazer sempre foi muito mais completo com as balas.

Voltando ao filho mais velho dos Tupãs.

Tiaraju tentou ignorar minha presença enquanto pintava mais algumas de suas telas. Apesar do seu, digamos, ateliê deixá-lo exposto a olhares e comentários dos passantes, certamente ele preferiria a solidão para criar.

– O que significa esse desenho?

Minha pergunta ficou vagando pelo ar, entre o barulho distante das cigarras e o som do radinho de pilha de alguma empregada doméstica. Longe de me desanimar, a indiferença de Tiaraju despertou em mim uma característica comum a todas as mulheres feias: a persistência.

Eu não voltaria para casa antes de falar com ele.

– Onde você guarda tantas telas?

(...)

– Você nunca vende seus quadros?

(Um avião passa roncando no céu.)

– De onde vem sua inspiração?

(...)

– Quando você compra as telas, se está sempre aí, pintando?

(...)

– Você desenha desde pequeno?

(A mãe de Tiaraju aparece, diz algo no ouvido do filho e entra em casa.)

– Seus irmãos também são artistas?

(...)

– Você não cansa nunca?

(...)

– Tem telentrega de telas?

(...)

– Eu moro aqui perto e sempre vejo você.

(...)

– Que linda! Essa é a mais bonita de todas que você pintou hoje!

(Um garotinho cai da bicicleta e começa a chorar.)

– Bom, acho que vou fazer um lanche. Amanhã eu volto para ver você pintar.

– Não faça isso.

Após quatro horas, finalmente Tiaraju rompia seu silêncio para se dirigir a mim, ainda que com a intenção de não mais fazê-lo.

– Demorou, hein? Pensei que você não fosse me responder jamais.

Ele largou o pincel no cavalete e abandonou a paleta na grama maltratada do jardim antes de vir ao meu encontro, protegido pela cerca de arame esburacada aqui e ali que o separava da calçada.

– Escute, garota...

– Pode me chamar de Ju.

– Eu não quero chamar você de Ju. Eu não quero chamar você de nada. Eu só quero ficar em paz dentro da minha casa. Não volte aqui nunca mais.

Eu havia lido histórias assim milhares de vezes nos livrecos de papel jornal que minha mãe comprava nas bancas de revistas: *Julia*, *Sabrina*, *Barbara Cartland*. Em dezoito anos de vida, eram toneladas de noveletas devoradas, e não existia uma sequer em que a heroína e seu príncipe não se antipatizassem à primeira vista, sintoma inequívoco de que uma grande paixão estava por vir. Se Tiaraju em nada lembrava um príncipe, eu bem podia me candidatar ao posto de heroína. Quatro horas no sol para arrancar poucas e ríspidas palavras de um cara de cabelos ensebados deviam valer alguma coisa na escala de superação de uma mulher.

– Olhe, Tiaraju, minha intenção nunca foi atrapalhar a sua arte. Pinte à vontade, eu apenas pretendo observar o seu trabalho nos próximos meses. E se você me pedir, prometo ficar de boca fechada. Mas tem que pedir com educação.

O primogênito dos Tupãs me deu as costas e entrou em casa. Continuei por mais algum tempo encostada na cerca de arame, o bastante para ver sua mãe recolher as muitas telas pintadas por ele em um dia de pinceladas – e inspirações – ininterruptas.

Na tarde seguinte, lá estava eu. E na próxima, e na próxima, e na próxima. Tão logo terminava de almoçar, eu me fechava no quarto e mudava toda a minha roupa, incluindo a lingerie. Depois de escovar meus cabelos até deixá-los com o aspecto de um matagal pós-queimado e alisado, passava perfume, colocava meu batom preferido e saía para dar plantão na frente da casa de Tiaraju. Às vezes levava um livro de física ou história, para minha mãe pensar que eu estaria estudando para as provas do colégio. Na verdade, os livros serviriam para que eu sentasse sobre eles, quando minhas pernas não aguentassem mais sustentar um corpo de volumes generosos. Enquanto durou a Missão Tiaraju, jamais estudei uma lição e levei bomba em todas as matérias.

Quando Tiaraju já estava tão acostumado comigo que, embora fizesse questão de se mostrar sempre incomodado, virava as telas propositalmente na minha direção, para exibir as obras concluídas, fiquei três dias inteiros sem aparecer. Uma estratégia premeditada. Estava na hora de a minha presença ser valorizada, e isso só aconteceria com a minha falta. Um fato da vida que qualquer mulher, independentemente de ser bonita ou feia, já nasce sabendo.

No quarto dia, me postei junto à cerca, como se nunca tivesse saído de lá. Encostado à parede de madeira da casa, sem cavalete, tela ou paleta por perto, Tiaraju me viu chegar e caminhou para o portão.

– O que aconteceu?

– Cansei de passar tardes inteiras sem falar e levei minha língua para se divertir um pouco. Só isso.

– Decidi pintar o seu nu inspirado em Botero. Entre e tire a roupa.

– Não posso ficar nua no seu jardim, Tiaraju. Meus irmãos me matariam.

– Não vou pintar você no jardim. Tire a roupa e fique dentro de casa.

– Mas e a sua família? Você nem me apresentou para ninguém e eu apareço nua na sala?

– Meus irmãos estão no quarto, minha mãe costura na varanda e nós vamos ficar à vontade na área de serviço.

Nunca tive vergonha do meu corpo, embora meus dois irmãos achassem que eu devia ter. Andava apenas de calcinha ou mesmo despida dentro de casa, até meus peitos crescerem tanto que se tornou impossível lavar a louça do almoço sem que eles mergulhassem na pia cheia de detergente. Foi quando meu pai pediu que minha mãe esclarecesse para mim as diferenças entre meninos e meninas, e então meu busto foi encarcerado para toda a eternidade em grandes sutiãs de bojo acolchoado que ela mesma comprava, muitas vezes em lojas de gestantes, para que eu me sentisse mais confortável. Agora, quando Tiaraju me pedia para tirar a roupa e ser sua modelo, isso me soava natural. Imagine o que minhas colegas magras diriam se soubessem que eu, justo eu, serviria de modelo para um artista.

A vingança era um prato que se comia morno, considerando que ainda ontem eu havia sido chamada de Caminhão de Banha pelas loiras da aula.

Entrei no lar dos Tupãs provocando um terremoto, menos pela força com que eu pisava que pelo mau estado da moradia de madeira. Ao menos, foi o que eu quis pensar. Por dentro, a casa era ainda mais malcuidada, com poucos e estragados móveis, portas e paredes carcomidas, alguns guardanapos encardidos sobre a mesa, o balcão e os encostos ensebados das poltronas, a televisão de quatorze polegadas apoiada em um caixote e, o mais impressionante, pilhas e pilhas das pinturas de Tiaraju espalhadas por todos os lugares. Não admira que não se ouvisse um ruído vindo dali. A quantidade absurda de telas devia funcionar como isolamento acústico, impedindo o deslocamento do som em qualquer direção ou sentido. E obrigando os olhos à permanente visão de diferentes tintas jogadas sem critério algum sobre os quadros assinados pelas iniciais T.T.

Andando com toda a leveza de que fui capaz, cobri em poucos passos o caminho até a área de serviço, onde uma tela em branco esperava para receber minha figura.

– Pode se despir aqui mesmo enquanto eu busco as tintas.

Graças a Deus eu sempre ia ver Tiaraju usando uma lingerie limpa.

Tirei peça por peça e usei as próprias roupas para proteger a visão das minhas intimidades. Eu não tinha problema algum com a nudez, exceto pela possibilidade de o pai de Tiaraju me surpreender pelada na frente da churrasqueira da família.

– Me ajude com o sofá!

Tapando o corpo com as roupas ainda quentes, segui até a sala, onde Tiaraju lutava para empurrar um sofá de dois lugares.

– Em que posição você planeja me pintar?

– Quero você recostada, como as vênus renascentistas.

– Então vamos levar o sofá de cinco lugares.

Carreguei o sofá maior praticamente sozinha até a área de serviço. Se em algum momento Tiaraju me olhou de forma menos profissional, não percebi. Para ele, eu era apenas a modelo viva, e nua, da vênus que em breve preencheria mais uma de suas telas.

Ensaiamos diversas posições até chegar à ideal. Deitada de lado no sofá, eu devia manter uma das pernas suspensa no ar, o corpo virado para a frente, a cabeça baixa e o nariz enfiado em uma rosa. Tomara que Tiaraju não levasse anos para concluir sua obra. Muito antes disso, eu já teria morrido de cãibra.

– Que formas. Botero invejaria.

Fomos interrompidos algumas vezes pelos Tupãs menores. Os irmãos paravam na porta aos cutucões e risadas, até serem expulsos pelo artista. Também o patriarca da família apareceu para admirar o trabalho. Pela metade da tarde, o pai de Tiaraju chegou com uma cadeira de praia e sentou diante de mim com um chimarrão nas mãos, como para assistir a um programa de televisão.

– A moça está servida?

– Agora não, pai. Ela não pode ingerir nada para não ficar com barriga.

– Você quer dizer com mais barriga, filho?

O velho continuou dando palpites sobre a pintura e o meu corpo, até Tiaraju largar o pincel, a noite já aparecendo sobre nossas cabeças.

– Amanhã terminamos. Pode se vestir.

Deixei a casa ao mesmo tempo em que Peri, um dos irmãos, voltava da rua, e Sepé, outro dos rapazes, saía para suas suspeitas ocupações noturnas. Mais alguns dias naquela casa e eu contaria, com exclusividade para toda a vizinhança, tudo sobre a história e os mistérios dos Tupãs.

Na tarde seguinte, não esperei a ordem de Tiaraju para me despir. O sofá havia retornado ao seu canto na sala, de forma que o carregamos novamente, eu nua e fazendo mais força que o pintor. Um estranho silêncio ocupava o ambiente.

– Meus pais, os garotos, todos saíram. Só Sepé dorme no quarto.

A tarde passou rápida, meus músculos aos poucos se acostumando a ficar imóveis por horas seguidas enquanto Tiaraju nos imortalizava. Uma eternidade depois, o barulho na porta denunciou a saída de Sepé. Foi o sinal para Tiaraju largar o trabalho e sentar ao meu lado, acariciando meus cabelos secos e duros.

– Os artistas precisam ser fortes, sabia?

– Por que, Tiaraju?

– Para não confundir inspiração e criação. Para não agir com as fraquezas do homem diante do belo... Não exatamente do belo... Para não sucumbir ao... peculiar.

Ele me chamou de peculiar, e não deixava de ser um elogio para quem estava acostumada a atender por Último Mamute, Tribufu Master e Supercanhão. Logo a boca escura de Tiaraju passeava à vontade pelo meu corpo, fazendo-o perder o fôlego por algumas vezes. Nesses momentos, ele parava, tomava ar e desculpava seu orgulho de macho.

– Você entende... Eu precisaria ser um maratonista para vencer essas distâncias...

Não posso dizer que Tiaraju tenha abusado de mim. Eu comecei tudo quando resolvi observá-lo sem motivo algum, e se agora me via nua no sofá da família Tupã, não havia sido forçada a isso. Meu arrependimento foi apenas por não ter sentido absolutamente nada, enquanto ele resfolegava e balançava seus cabelos engordurados de um lado para o outro.

Ao final do dito ato, Tiaraju, que desempenhou suas funções vestido, levantou ofegante e continuou a pintura. Retomei minha posição de modelo, e nenhum de nós falou, até o grito que me despertou da letargia, ou talvez de um cochilo.

– *Parla*!

Corri para ver a obra concluída.

– E então? Botero não chegaria aos meus pés!

A tela mostrava uma mulher muito gorda e muito branca, com as pernas abertas o bastante para que os apreciadores da arte virassem, também, experts em anatomia. Se não reconheci meu corpo naquele exagero de carnes e peles, muito menos identifiquei meu rosto.

– É que achei melhor pintar a face de mamãe. Pela harmonia do trabalho, entende?

Pelos planos dele, aquele seria apenas o início de uma grande série de nus meus. Disse que não estava interessada em tamanha glória e pedi a Tiaraju que destruísse a tela imediatamente.

– Se meus irmãos sonharem com isso, eu sou uma mulher morta.

– A verdadeira arte sempre teve seus mártires.

– Você prefere que eu seja assassinada a dar um fim a esse lixo?

– A verdadeira arte sempre foi incompreendida.

– Pois saiba que meus irmãos podem acabar com você também.

– Seus dois irmãos? Aqui em casa somos oito. A tela se manterá intacta esperando para ser exposta.

Saí da casa dos Tupãs sem descobrir nenhum dos seus segredos, além da falta de talento de Tiaraju. Para as belas-artes e para o sexo.

Mais tarde, perguntei a meu pai sobre Botero. Um grande pintor colombiano que retratava obesas, ele respondeu. Pesquisando na biblioteca do colégio, descobri que o tal Botero deveria ganhar uma estátua do Greenpeace, tal a quantidade de baleias que imortalizou.

Não passei mais pelo jardim decadente dos Tupãs, mas soube, pelas conversas com as vizinhas, que seu filho mais velho continuava lá, pintando compulsivamente. Daria continuidade à série de nus iniciada comigo?

Vivi algum tempo assombrada pela possibilidade de uma futura exposição de Tiaraju. Durante várias noites, tive pesadelos em que o autor e sua criação apareciam nas primeiras páginas dos jornais, os repórteres querendo mais detalhes sobre a gorda retratada ali.

Minha ignorância sobre o assunto me levava a pensar que sua obra jamais seria aceita em uma galeria, mas isso não foi o bastante para me tranquilizar.

A verdadeira arte sempre é uma incógnita.

4. Augusto

Tudo na minha prima Bela Costa Pinto era falso, do vermelho do cabelo à bolsa Louis Vuitton de camelô. Sem falar na idade, que ela sempre diminuía. Ainda assim meu também primo Augusto Fagundes Pinto acreditou quando, na primeira vez em que dormiu na cama dele, Bela disse que nenhum outro cara no mundo havia conseguido deixá-la daquele jeito.

– De que jeito?

– Como se um caminhão de lixo tivesse me atropelado, só que sem doer.

Não era uma imagem muito romântica, mas Augusto ficou lisonjeado, de qualquer forma. Éramos todos primos, Bela famosa na família pela quantidade de namorados ao longo da vida, sempre citada quando as cunhadas e as tias-avós precisavam de algum parâmetro para falar de outra mulher.

– Essa já deu muito por aí. Mas não tanto quanto a Bela.

Desde criança fui fascinada pela beleza e pelo sucesso da minha prima. Supondo que naquele tempo eu não fosse feia, como acredito que não era, embora o restante da humanidade não compartilhasse da minha opinião, ainda assim Bela era muito mais luminosa e viva e encantadora, a primeira no afeto dos avós e na atenção dos tios. Impossível para uma garota sem grandes qualidades, e nenhuma aparente, concorrer com ela.

Bela já existia quando Augusto e eu nascemos, o que não combinava com sua versão a respeito da própria história.

– Lembra quando você me ensinou a amarrar os tênis, Augusto? Você devia estar na segunda série e eu, nossa, eu nem sabia andar direito. E quando aprendi com você a pintar as unhas, Ju? Muito do que sou hoje devo a você, sabia?

Nas minhas recordações, Bela aparecia de sapatos brancos e cabelo castanho, muito diferente do ruivo atual, apontada por todos como a mocinha da família. Eu devia ter então cinco ou seis anos. Antes disso, minha mente era uma nebulosa engolindo os beijos da mãe, todos os aniversários e as possíveis bonecas de pano da primeira infância. Passei por aquela fase sem registrar nada, ao contrário do meu irmão mais velho, Everton, que afirmava lembrar de cada relação sexual do pai com a mãe grávida.

– Eu sentia o troço do velho na minha orelha esquerda, cara. Foi um milagre ele não ter me rompido o tímpano.

Bela foi a prima gostosa sempre presente nos sonhos de meus irmãos Everton e Emerson, na cabeça dos primos Dinho, David, Júnior e Samuel, nos maus pensamentos dos tios Ivan e Paulo e nos desejos de inúmeros parentes masculinos distantes, que começaram a frequentar as festas íntimas dos Costa Pinto assim que a garota botou peito. Quanto a mim, lembro apenas de Robertinho, filho do segundo casamento de minha tia Marlene, contando ter sonhado comigo.

– No começo pensei que fosse a Mulher-Gorila em uma jaula, mas então reconheci você.

Cresci apaixonada por Augusto, que cresceu me ignorando. Como eu, também ele se criou ouvindo que

Bela já tinha estado com boa parte dos homens da família. Até que um dia virou alvo das atenções da prima.

– Pode espalhar o protetor nas minhas costas?

Enquanto todos comemoravam, de roupa, os 99 anos da bisavó Margareth, Bela exibia um biquíni quase imperceptível para tomar o sol fraco de agosto no jardim da matriarca. A bisavó, com seus olhos turvos pela catarata, provavelmente enxergava a bisneta nua sobre o colchão de ar em forma de língua, presente em conjunto dos netos mais moços que revoltou a aniversariante.

– Um colchão de língua. Isso é uma família ou uma convenção de pornógrafos?

O fato é que Augusto aplicou o protetor nas costas de Bela, e depois levou a tarde reaplicando o creme, cada vez que a prima suava ou mudava de posição no colchão. Quando a comemoração do quase centenário da bisavó chegou ao fim, mais de dez da noite, Bela pediu para tomar banho no apartamento dele, onde os dois passaram os três dias seguintes levantando da cama apenas para ir ao banheiro ou receber o entregador de pizza.

Ela com a sensação de ter sido atropelada por um caminhão de lixo.

A primeira reação foi a de Sílvia, minha tia e mãe de Augusto.

– Eu não acredito que você também vai cair na conversa dessa sujeitinha. Já não bastava o seu pai?

Tia Sílvia então falou de um suposto envolvimento do marido com Bela, num verão em que o trabalho exigiu a presença dele na cidade. O romance teria durado alguns meses e foi dedurado por um conselho de parentes especialmente constituído para essa missão.

– Queriam denunciar seu pai ao Juizado de Menores. Eu não deixei, mas também não perdoei.

Depois tia Sílvia falou de outros Pinto seduzidos por Bela e cogitou, chorando, a hipótese da influência de tal sobrenome no destino da família: dois irmãos ao mesmo tempo, todos os púberes e adolescentes, o companheiro da três vezes viúva tia Eva, o primo que a maioria julgava veado, o tio e padrinho Adalberto, irmão gêmeo do pai de Bela.

– E qual é o problema, mãe? A Bela estava apenas se preparando para mim.

Coube a mim o papel tradicionalmente reservado às mulheres feias: o de confidente. Procurei Augusto com a intenção de abrir-lhe os olhos sobre a conduta da prima Bela. Mas, nem bem comecei, ele desabafou nos meus ouvidos toda a sua mágoa com a incompreensão e o julgamento leviano dos pais a respeito da namorada.

– É preconceito, Ju. Essa história mostra como a sociedade vê a fêmea. Basta que ela não seja submissa e lute pelos seus desejos, e pronto. Na mesma hora é tachada de puta. Só que o que eu sinto por Bela é muito maior que qualquer convenção. Quanto mais atacarem a mulher que eu escolhi, mais eu vou estar aqui para amá-la.

Para sermos fiéis à verdade, Augusto é que tinha sido escolhido por Bela, como tantos foram antes dele e tantos seriam depois. Mas meu primo estava gostando de interpretar aquela espécie de Romeu dos anos 80 e, por ingenuidade ou romantismo, na prática a mesma coisa, via seus sentimentos aumentarem a cada novo golpe contra a honra de Bela.

Honra, neste caso, uma evidente força de expressão.

– Conto com você para defender a Bela, Ju. Só o coração de alguém sem vaidade alguma, como você, pode ser meu aliado nesta batalha. Você fica do meu lado?

É característica da mulher feia se irmanar à dor de terceiros, de forma que saí da conversa com Augusto transformada em uma guardiã da virtude de Bela. E se, por felicidade ou milagre, um dia meu primo resolvesse enxergar a verdade, eu, a pessoa que mais o compreendia no mundo, estaria esperando por ele.

O *affair* de Augusto e Bela logo ficou maior que a casa dos Fagundes Pinto e se espalhou pela família. Já no lado dos Costa Pinto, houve apenas o silêncio. O pai de Bela, com histórico de duas cirurgias para colocação de pontes de safena, preferiu se manter alheio ao assunto. A mãe da garota, ocupada com suas jogatinas pelos bingos da cidade, só se preocupou com a ascendência do novo genro.

– A gente sempre quer alguém de família boa para a filha.

O casamento aconteceu menos de um ano após a festa dos 99 anos da bisavó Margareth, que faltou à cerimônia por estar ligada a tubos na cama de uma clínica geriátrica. A família, que havia jurado não comparecer, lotou a igreja, onde Bela entrou de vestido rosa, sob a aprovação das mais velhas das mulheres presentes.

– Pelo menos isso. Só faltava a sem-vergonha casar de branco.

Confirmando os prognósticos de uma união breve, Augusto e Bela ficaram poucos meses casados. Para desgosto da mãe dele, até hoje doída com o engano do filho, o ex-casal continua se encontrando ocasionalmente, entre uma e outra aventura de Bela com um tio-avô ou o novo concunhado de algum dos Pinto. Como fez desde o início, Augusto ignora a choradeira da mãe. E jamais aceitou meus convites para discutir a relação deles em um bar na sexta à noite, ou em uma boate no sábado, ou em um cinema no domingo.

– Você é como uma irmã para mim, Ju. Melhor ainda: um irmão. Um camarada a quem eu posso confiar tudo. Só que eu não tenho vontade de dançar com um camarada meu. Você entende, não é?

Tudo em Bela podia ser falso, do cabelo agora loiro-acinzentado aos óculos Armani comprados em uma loja de coreanos do centro da cidade, mas a sensação dela de ser atropelada por um caminhão de lixo sempre que os dois ficam juntos, nessa Augusto, pelo jeito, continua encontrando todos os motivos para acreditar.

5. Otelo

Eu já dividia um apartamento de um quarto com minha amiga Catilene quando reencontrei Otelo, colega que me acompanhou durante boa parte do colégio, no tempo em que a minha média era repetir pelo menos uma vez cada série. E a dele também.

Essa coincidência, ou burrice, como queria a diretora da escola, uma mulher feia e murcha chamada Professora Escolástica, nome que deve ter sido fundamental para definir seu destino, acabou me aproximando de Otelo. Enquanto turmas inteiras trocavam as Capitanias Hereditárias pela Revolução Francesa, Otelo e eu continuávamos estudando Mem de Sá e Tomé de Souza, entre muitos outros pequenos personagens da nossa história que jamais consegui aprender.

Eu podia definir Otelo em uma palavra: feio. Magro, alto, parecia não ter músculo algum embaixo da pele. Foi o magro mais flácido que conheci, o pouco de carne que cobria seus ossos balançando frouxa quando ele corria nas aulas de educação física. O rosto de Otelo também não apresentava qualquer atrativo, sendo apenas o conjunto, utilitário, de dois olhos, uma boca e um nariz. Órgãos feitos para cumprir suas funções sem serem percebidos na vida.

Quando finalmente terminei o colégio, Otelo trabalhava como office-boy no escritório de advocacia de um amigo da sua família. E alguns anos depois, quando nos avistamos no centro da cidade, eu levando o certificado de aprovação do meu curso de computação, ele carregando uma pasta de couro imponente, marrom com cantos de metal dourado, não tive dúvidas de que Otelo já era, no mínimo, sócio do tal escritório.

– Não, não. Continuei boy. Gostei e decidi ficar na carreira.

Eu havia sido admitida no consultório de uma dentista especializada em atender crianças, e minha função era levar mordidas dos pequenos pacientes enquanto tentava segurar suas bocas para a doutora

Suzane – este era o nome dela –, aplicar flúor, consertar cáries, extrair dentes de leite e outras práticas da odontopediatria. Foi a própria dra. Suzane, sempre bonita com seus cabelos negros e seus dentes mais brancos que o jaleco que usava, que me aconselhou a fazer o curso de computação.

– Você precisa pensar no seu futuro, Ju. Continue sendo minha secretária, mas estude alguma coisa. E agora, por favor, lave seu polegar, que ele está sangrando.

Não fosse pelos pacientes que quase arrancavam meus dedos com seus caninos esburacados, teria continuado para sempre com a dra. Suzane. Além de gostar da dentista, ainda devia a ela, tanto moral quanto financeiramente, o conserto de inúmeras cáries provocadas pelo consumo de quilos e quilos e quilos de jujubas açucaradas, e seus resquícios mal-escovados. Onze cáries, para ser mais exata, sem contar os tratamentos de canal que um amigo da dra. Suzane fazia na minha boca mediante pagamento parcelado, dez vezes para cada dente. Pelos meus cálculos, eu já estaria usando dentadura quando terminasse de pagá-lo. Minhas ligações com a odontologia me levaram a considerar a hipótese de prestar vestibular para a área, mas meus neurônios naturalmente desanimados desistiram diante das dificuldades do caminho. Então, entre datilografia, manicure e computação, os três cursos que selecionei em um folheto do SENAC, acabei me decidindo pelo último. Com o apoio do meu pai.

– É a profissão do futuro. O país precisa de craques na informática.

Não me tornei, absolutamente, o Pelé do computador. Mas assim que peguei meu diploma, passei a procurar empregos na minha área e oh, como era bom pensar que eu tinha, afinal, uma área! Era isso que fazia no dia em que reencontrei Otelo.

– Vamos tomar um café. Eu pago com meu vale-refeição.

Otelo continuava tão feio quanto antes. Tinha engordado alguns quilos, que não fizeram muita diferença no seu aspecto geral, e continuava o mesmo camarada compreensivo e gentil de quando tentávamos, em vão, nos consolar por mais um ano escolar perdido.

– Não chore, Ju. Nós ainda temos a vida toda para passar nessa oitava série de merda.

Terminado o café e o tempo de que ele dispunha antes que os bancos fechassem, combinamos um jantar no meu apartamento na próxima vez em que Catilene viajasse para visitar os pais, no interior de Santa Catarina.

– Me convide mesmo. Eu levo um champanhe que ganhei de Amigo Secreto.

Não pensei mais em Otelo até Catilene aparecer de saída para a rodoviária, rumo ao aniversário da mãe.

– Não esqueça de fechar as janelas, trancar a porta e, principalmente, não bote homem para dentro de casa. Até segunda.

O problema de morar com Catilene é que ela era a dona do apartamento e se comportava como tal. A televisão ficava sempre no canal que ela gostava de assistir, o chuveiro elétrico não podia sair jamais da regulagem estabelecida por ela, eu ficava terminantemente proibida de tocar nos produtos com que ela abastecia a geladeira, não se admitiam pingos de água no espelho da pia e no chão do banheiro, e o Seu Dênis, zelador do prédio, era o único homem com entrada permitida em nosso santuário, ainda assim para trocar o gás ou fazer algum conserto. Eu, que achava quase insuportável conviver com as ordens do meu pai, as manias da minha mãe e as implicâncias de meus dois irmãos, vivia agora subjugada pelas vontades e as neuroses de Catilene.

Mudar dali era uma das minhas prioridades, e para isso eu procurava um bom emprego na área de informática.

Consciente de estar desrespeitando a regra máxima, liguei para Otelo marcando nosso jantar para aquela mesma noite.

– Venha às oito e diga para o zelador que você é meu irmão. Minha amiga não quer que eu receba caras estranhos aqui.

Antes das sete horas, quando eu ainda não havia tomado banho ou arrumado a sala, Seu Dênis avisou, pelo porteiro eletrônico, que meu irmão estava subindo.

– Você veio cedo demais.

– É que vim fazer uma entrega aqui perto e aproveitei para subir. Uma passagem de ônibus a menos...

Quando vim arrumada do quarto, ele já havia separado na geladeira os ingredientes para o nosso jantar.

– Tire as mãos daí, essas coisas são propriedade da Catilene. Vamos ao mercadinho comprar o que precisamos. Se você trouxe o champanhe, coloque para gelar.

– Esqueci, mas pode deixar que pego umas cervejas no mercado.

Voltamos para casa com um quilo de massa, atum, quatro latas de cerveja e um pó para fazer pudim de caramelo que ficava pronto em quinze minutos. As habilidades de Otelo na cozinha eram tão precárias quanto as minhas, mas o jantar ficou relativamente saboroso e não deixamos sequer um *penne* no prato. A propósito desse tipo de massa, Otelo fez uma observação.

– Um conselho para você, Ju. Indo a um restaurante italiano com um acompanhante, e pedindo ambos pratos com *penne*, jamais diga: garçom, traga-nos dois *pennes*. Entendeu?

– Vamos lavar a louça. Catilene detesta cozinha bagunçada.

– Tem certeza que não era melhor viver com a sua família?

Talvez fosse, mas eu sonhava em morar longe das ordens e da rotina que me acompanhavam desde que nasci, e não era todo dia que a oportunidade se apresentava. O fato de encontrar novas ordens e uma nova rotina definitivamente não pesou, quando aceitei dividir o apartamento com Catilene:

– Você paga metade da luz, água e condomínio, e dorme na sala. Ligações telefônicas, só com a minha autorização. Cada uma compra sua própria comida. Você guarda suas coisas na porta da geladeira. Entendido?

Se eu esperava que minha família promovesse um novo Dia do Fico quando dei a notícia da minha partida, fiquei decepcionada.

– Sério? A partir de hoje, seu quarto é meu.

Everton interessado no meu espólio, Emerson que pareceu não ter ouvido, minha mãe dizendo que seria bom para o meu crescimento e meu pai recitando uma das frases de efeito moral que fazia na hora, para todo tipo de ocasião.

– O importante é levar junto com você a educação que lhe demos.

E assim eu fui morar com Catilene.

Depois de saldar meus débitos com a moradia, pouco sobrava do salário que a dra. Suzane me pagava. Cansei de dormir com a sensação de que meu estômago se autodevorava, tais os barulhos que fazia. Sempre que possível visitava meus pais, mais por amor ao almoço que a eles. Muitas foram as noites em que sonhei me saciar na geladeira abarrotada de alimentos com o nome de Catilene, mas preferi a fome a enfrentar a fúria dela.

Agora, o jantar em processo de digestão estufava meu aparelho digestivo, esquentando o corpo inteiro. Fui obrigada a deixar Otelo tirar os pratos e lavar a louça sozinho. Após tanta massa, tudo que eu conseguia era ficar atirada no tapete da sala, os pés jogados sobre uma mesinha de centro com tampo de vidro.

Otelo veio da cozinha com um prato transbordando de pudim de caramelo ainda quente. Quando terminei, me senti como uma jiboia que tivesse devorado um pudim quente de elefante. Eu já não era capaz de mexer sequer os olhos.

– Você fica linda depois de uma boa refeição.

Otelo sentou no chão e ficou acariciando meu pé. As cócegas que eu sentia se misturaram ao torpor que dominava meu corpo inteiro, e eu não conseguia pedir a ele que parasse. Minha mãe sempre disse que eu morreria de congestão, se continuasse comendo demais. Será que a profecia ia se concretizar justo na primeira noite em que eu recebia um homem na minha nova casa?

Felizmente os dedos de Otelo subiram do pé para a minha barriga, respeitosamente, sem se deter em recanto algum. Eu estava bastante gordinha nessa época, e Otelo pareceu encantado com a quantidade e a textura das carnes que encontrou.

– Aqui tem diversão para uma década.

Apesar da minha quase congestão, Otelo e eu passamos a noite no quarto de Catilene. Na manhã seguinte, quando ele foi embora, lavei com cuidado os lençóis e coloquei de volta na cama de solteiro todos os ursinhos de pelúcia que testemunharam nosso encontro. Uma sorte a cama, em que eu mal cabia sozinha, não ter quebrado com tantas evoluções e movimentos.

Catilene não desconfiou de nada e eu continuei encontrando Otelo todos os dias, até que ele me pediu em namoro. O primeiro pedido de namoro da minha vida, que eu aceitei cheia de orgulho da minha capacidade de conquistar um homem.

Vivi com Otelo uma existência pacífica e até mesmo feliz. Íamos ao cinema, a lanchonetes, a parques e às respectivas casas de nossas famílias. Apresentei Otelo a meus pais, e logo ele estava vendo televisão e frequentando os almoços e jantares dos Costa. Sua mãe, viúva, me recebeu bem, embora com observações não muito gentis sobre o meu tamanho e o meu peso.

– Demorou, mas quando arranjou namorada, o Otelo quis uma que valesse por duas.

Ou então:

– O Otelo pode trocar a Ju por duas de quarenta. Quilos, bem entendido.

E mais.

– Fiquem para o jantar, queridos. Onde comem seis, come a Ju.

Otelo, filho único de mãe viúva, achava graça nas brincadeiras da velha, e quem presenciasse as piadas – vizinhos, tias em visita, a vendedora de produtos de beleza a domicílio e meus próprios parentes –, também. Frequentemente dona Matilda, como se chamava minha sogra, convidava minha família para jantar na casa dela, convocando os comensais sempre da mesma forma:

– Vamos nos servir antes da Ju ou vai faltar estrogonofe!

No dia em que reclamei das grosserias de sua mãe, Otelo levantou e me deixou sozinha em um restaurante, com dois *a la minutas* na frente. Para não desperdiçar comida, dei fim aos dois pratos. Ele demorou 72 horas para me ligar de volta, propondo um cinema para a noite. Aceitei e foi então que Otelo começou a justificar seu nome:

– Três dias sem namorado por perto. Aposto que você deu bola para todos os homens do seu trabalho.

Os homens do meu trabalho choravam ao me ver e me mordiam com voracidade. Seria interessante, se a média de idade deles não fosse de seis anos, no consultório da dra. Suzane.

– E esse decote? Quer que os caras se joguem para dentro da sua blusa?

Por coincidência ou premonição, dona Matilda batizou de Otelo o homem mais ciumento que eu jamais conheci. Tal o personagem de Shakespeare, o meu Otelo se debatia em dúvidas e suspeitas e, quanto mais o tempo passava, mais desconfiava de estar sendo traído por mim, ainda que isso não fosse absolutamente verdade.

– Já disse a você que me atrasei porque a dra. Suzane teve uma emergência, um menino que quebrou quatro dentes, mas que mordia meus dedos como se tivesse oito a mais. Veja as marcas aqui. Por pouco não precisei levar pontos.

Minha mãe era da opinião de que ciúme é prova de amor, e que eu devia ficar feliz com as reações de Otelo. Catilene, que me viu chorando várias vezes por causa das nossas brigas, achava que eu devia romper o namoro imediatamente, para ensinar Otelo a respeitar as mulheres. O problema é que eu não queria vingar toda uma espécie. Minha única vontade era fazê-lo entender que eu era fiel, sim, como toda apaixonada. Ou talvez apaixonada não fosse o termo mais fiel para definir meus sentimentos por Otelo.

Eu era uma mulher feia, com todas as inseguranças e a solidão que minha condição trazia. E antes disso, eu era uma mulher, com todas as inseguranças e a solidão que essa condição trazia. Já tinha visto muitas garotas bonitas sofrendo na mão dos seus namorados sem abandoná-los, possivelmente por medo de não conseguirem companhia para o próximo sábado. Comparada com a delas, minha situação era muito mais grave. Otelo havia sido o único cara a se interessar por mim nos meus últimos 23 anos, o único que se dispôs a andar abraçado comigo na rua, na frente de quem quer que fosse, e que julgava possível que eu fosse traí-lo a qualquer instante. Se o deixasse, eu não teria realmente com quem sair no próximo sábado. E em todos os outros.

Então o ciúme de Otelo começou a passar dos limites.

Em um domingo que Catilene não estava em casa, ele bateu na minha porta disposto a escolher as roupas que eu usaria dali em diante.

– Camiseta sem manga, não. Prefiro que você preserve seus braços. Vestido, desaconselhável. A mulher fica mais protegida de calça comprida. Decotes, o seu próprio bom-senso deveria vetar. Bermudas ficam, não vamos dizer proibidas, mas suspensas.

Não existia gordinha sem bermudas, e eu não seria a primeira. Me opus aos desmandos de Otelo, que, depois de alguns gritos, saiu batendo a porta e atraindo a atenção do síndico. Só faltava Catilene ficar sabendo que eu recebia um homem descontrolado no apartamento enquanto ela estudava suas lições de pedagogia.

Chorei tanto que, na manhã seguinte, me senti mais magra ao colocar minha calça jeans. Calça não, pensei. Vou vestir uma bermuda, peça exemplar do índex de Otelo. Ele não havia dito, mas imaginei que contrariá-lo significaria nosso rompimento. Ainda assim, arrisquei. Eu era uma mulher feia e não uma ratazana, daquelas que um dia dissequei nas aulas de biologia.

A caminho do trabalho, eu enxergava Otelo em cada office-boy. Ele era mais velho que a média, é verdade, com alguns fios brancos precocemente despontando da cabeleira marrom, mas ainda assim eu o via em adolescentes, punks, orientais, negros e nas raras garotas que passavam com pastas estourando de contas a pagar e firmas a reconhecer. Estive distraída e triste durante o dia inteiro, a ponto de não me importar com as dentadas dos pequenos pacientes da dra.

Suzane. Nada que se comparasse à dor do meu coração mastigado.

Otelo não me procurou por outros três dias até ligar, na noite de quinta-feira.

– Vamos jantar na casa da mamãe. Vá até o centro e eu encontro você.

Vesti minha melhor calça jeans com uma camiseta da Penélope Charmosa que eu só usava em ocasiões especiais. Era engraçado ver a Penélope mais gorda, esticada sobre os meus peitos. Otelo elogiou minha aparência e mais não disse, até chegar à casa da mãe.

– Que surpresa, queridos. Se eu soubesse que a Ju vinha, teria me prevenido com um rancho.

Comi pouco e falei menos ainda, enquanto Otelo e dona Matilda relembravam, pela centésima vez na minha presença, as frases e brincadeiras do bebê Otelo.

– Ele não conseguia falar "mamãe" de jeito nenhum! Ele me chamava de "nanãe"! Não é engraçadíssimo, Ju?

Quando ela ia começar o milésimo relato sobre os primeiros passos do pequeno Otelo, aleguei uma dor de estômago fulminante e pedi para ser levada para casa. Dona Matilda reagiu com sua tradicional delicadeza:

– Você renegando comida? Só podia ser doença.

Na porta do ônibus, não permiti que Otelo me beijasse a boca.

– Você quer terminar comigo, Ju?

Então eu pensei nos prós e nos contras do nosso namoro. Os prós: a vontade dele de estar comigo, os elogios que me fazia, as intenções sérias que demonstrava, nossas idas a cinemas, os jantares, passeios em geral e planos de fazer o que fazíamos de vez em quando na cama de Catilene todas as noites, com a mesma vontade, mesmo depois de trinta anos de casados. Os contras: o ciúme, a mãe piadista, a lista de roupas proibidas. Não era tão ruim assim, considerando o que eu perderia.

– Se você terminar comigo, eu me mato.

– Sério?

Não vou dizer que terminei para ver se Otelo realmente se suicidaria em minha homenagem, mas durante duas semanas comprei o jornal todas as manhãs para ver se ele havia cumprido a promessa.

E ele não cumpriu.

6. Anônimo Um

Era um domingo como todos, com a vizinha de cima batendo seus saltos altos na minha cabeça desde as oito da manhã e nada para comer em casa. Eu havia trabalhado até tarde dia após dia da semana, e os planos de passar no supermercado para encher o carrinho com as porcarias mais engordantes da indústria alimentícia ficaram apenas na minha vontade. Chocolates, cada pedacinho derretendo na boca e colando para sempre na bunda. Sucrilhos, o que de mais próximo da ração para animais o homem desenvolveu para o homem. Massas italianas de grano duro para comer com molhos de muitos queijos e calorias incalculáveis. Refrigerantes e sucos à base de toneladas de açúcar, ainda assim muito mais saudáveis que os adoçados com aspartame, sacarina sódica e demais bombas da indústria diet. Bolos prontos com recheios cremosos de sabores falsos, morango, abacaxi, laranja ou qualquer outra enganação aromatizada. Jujubas, sempre elas, daquelas que grudam nos dentes e fazem a alegria dos dentistas. Pensar em tudo o que eu não tinha na geladeira aumentava minha irritação com o barulho do andar de cima. Aguentei até as onze sob as cobertas e os saltos da vizinha e então fui em busca do consolo que só gôndolas e prateleiras estourando de doces, pães e biscoitos poderiam me trazer.

O supermercado mais próximo ficava dentro de um shopping. Comprei muito mais do que eu poderia consumir, pagando com um cheque já afogado nos juros do especial. Foi um verdadeiro milagre um alarme não tocar no momento em que a caixa o apanhou da minha mão.

O vai e vem para esvaziar o táxi e levar todas as sacolas pela escada me fez adiar a volta para casa. Era quase uma da tarde de domingo e a praça de alimentação do shopping chamava os famintos, o cheiro de fritura fazendo meu estômago procurar inutilmente o que há muito não existia nele. Bife duro ao molho de nata com gosto de gordura e uma montanha de arroz e batata palha para acompanhar. Só de pensar nisso meu coração ficava tão eufórico quanto meu aparelho digestivo. Deixei o carrinho estacionado em um canto do supermercado e fui almoçar.

Como eu previa, o bife exigiu um esforço extra da minha mastigação. Se tivesse levado adiante meus planos juvenis de cursar veterinária, é provável que eu agora soubesse todos os nomes dos nervos que inutilmente tentava triturar. Chegava a gastar doze minutos com um mesmo pedaço de bife na boca e, na falta de ocupação melhor durante tal atividade, me dediquei a observar os outros clientes espalhados pelas mesas do shopping.

Mulheres feias em bandos. Como elas andam em bandos, meu Deus. E como parecem solitárias assim, em seus programas de amigas, juntas apenas – eu seria capaz de apostar – porque nenhum homem as quis neste domingo.

Qualquer semelhança com o meu caso não será analisada aqui.

Famílias. Sempre são muitas no shopping, em horários de almoço. Me detenho nos pais barrigudos, nas mães com seus cheiros fortes de perfume, nas crianças, em número grande demais até para um país com grandes extensões despovoadas, como o nosso, e me fixo em um menino de terno, parecido com o do pai ou, pela idade, avô, que o acompanha em uma pizza.

Poucas coisas são tão tristes na vida quanto um menino de terno.

Quando o garoto vai embora, levado pelo pai ou avô, noto um homem de seus cinquenta anos, com aspecto de pai de família, só que sem família, almoçando em uma mesa de canto. O que faz um sujeito que com certeza tem filhos já adultos, adolescentes e quem sabe até um temporão de seus oito ou nove anos, almoçando sozinho em um domingo?

Decido fazer do homem meu novo objeto de investigação, mesmo vendo que sua bandeja está quase vazia e logo ele irá embora também. No meu prato, quase meio bife e muitos minutos a mais de mastigação paciente para terminar a refeição. O homem não pode ir embora, não enquanto eu não engolir todos os nervos que me restam. Esqueço a educação e passo a encará-lo, um amontoado de fibras endurecidas indo e vindo na minha boca, até ele perceber que está sendo observado.

Um homem como aquele, grisalho, nem magro e nem gordo, não muito alto, usando um colete de lã fininha sobre a camisa de mangas curtas, não deve ser alvo de muitos olhares em um domingo no shopping, como fica claro no seu constrangimento. O sujeito vira para todos os lados, tentando descobrir o objeto da minha atenção. Sorrio para esclarecer qualquer dúvida: é ele. Meus dentes à mostra parecem aumentar seu desconforto (se eu cortar o bife em quatro pedaços relativamente grandes, doze minutos de mastigação para cada um deles, consigo terminar o almoço em 48 minutos, e então o homem estará livre para levantar e sair).

Engulo um naco quase inteiro, e a carne tranca na minha garganta. É como se uma pedra entalasse na região da campainha, mas ainda não há motivo para pânico. Atrás do guardanapo de papel todo amassado, me esforço para expelir a carne tossindo baixinho.

Nada.

Minha garganta começa a fazer um som próprio, comandado por ela mesma e semelhante ao ruído que o gato da minha mãe faz ao engasgar. Tendo percebido minhas dificuldades, agora é o homem quem me observa. Continuo com o método de tossir discretamente, mas o barulho involuntário da minha epiglote, ou coisa que a valha, já atrai a curiosidade das pessoas em volta.

Eu deveria ir ao banheiro para tossir alto até vomitar, e assim ficar livre da carne que vai me assassinar em poucos segundos, diante dos olhares dos clientes do shopping, mas prefiro esperar um pouco mais. Não quero passar pela mesa do pai de família sem família nesse estado, depois de me dedicar a seduzi-lo durante a última meia hora.

Já há motivo para pânico.

Não consigo mais respirar.

Independentemente da minha vontade, minha tosse agora é gritada, quase o lamento de um bicho, talvez uma vaca sozinha abatida a machadadas em alguma fazenda perdida nos pampas. As lágrimas escorrem e não vejo nada, mas sei que há muita gente assistindo à minha morte. Alguém perto de mim repete: "Faça força que sai", como se, em lugar de sofrer um engasgamento, eu estivesse dando à luz um matambre.

Então fui salva.

Pela intensidade do choque, deve ter sido um dos funcionários da segurança. O golpe que levei nas costas fez com que o pedaço de carne voasse por vários metros, e certamente deslocou algumas vértebras da minha coluna.

Aos poucos as pessoas se dispersam. Crianças ainda apontam para mim e um outro cliente ronda minha mesa, assustado. Mas logo novas batatas fritas saem do óleo, e o colesterol volta a passear em bandejas amarelas e vermelhas pelo shopping. Todos voltam às suas refeições, e, quando parece que voltei ao meu anonimato tradicional, uma voz educada se dirige a mim.

– Você está bem?

É ele, o homem que eu desejei não para o amor ou o sexo, mas para me distrair enquanto mastigava. Recolho minha bolsa do meio dos farelos e secreções cuspidas na mesa.

– Estou ótima, obrigada. Se o senhor me dá licença, tenho um compromisso agora.

– Você estava me olhando, antes do seu incômodo. Fiquei em dúvida e resolvi perguntar. Nós nos conhecemos?

Minha quase-morte chamada de incômodo. Examinei o rosto do homem, boca, nariz, maxilares, queixo, evitando encontrar os olhos.

– Desculpe, confundi o senhor com um tio meu. Foi engano.

– Logo vi que não era comigo. Uma moça simpática como você...

Simpática era um pouco demais, numa situação como aquela. Se o homem quisesse mesmo uma chance, deveria ter me adjetivado de linda ou de espetacular ou de sensacional, mesmo que eu jamais acreditasse na sinceridade de suas palavras.

Tarde demais para ele.

O pai de família sem família ainda fez uma tentativa.

– Quer ficar com o meu telefone? Quem sabe, você ficando com saudades do seu tio, pode ligar para mim. Eu adoraria.

Virei as costas e saí. Assim como a absoluta maioria das mulheres, as feias também desprezam espécimes do sexo masculino que não demonstram amor-próprio.

Só no ônibus lembrei do meu carrinho cheio de porcarias, esperando por mim em algum canto do supermercado. Desci, atravessei a rua e voltei ao shopping ainda a tempo de ver o homem sozinho na parada de ônibus, o colete levantado na parte da frente para refrescar a barriga.

7. Zico

Nada mais babaca que um escritor escrever sobre um escritor, provavelmente seu alter ego, aproveitando para colocar na boca e na vida do personagem tudo o que não teve coragem de falar e viver ele mesmo. Era isso que pensava meu colega Zico Farias, redator da agência de publicidade onde agora eu trabalhava como assistente de Recursos Humanos do Departamento Financeiro, graças ao meu curso de computação e à boa vontade do seu Armando, meu chefe, que havia me contratado, e à minha inexperiência. Foi um bom negócio para os três. Para merecer a confiança do seu Armando, não apenas aprendi todas as tarefas do meu novo ofício como fui além, estudando nas noites e nos fins de semana tratados inteiros sobre administração de pessoal e de custos. Eu me saía tão bem na função que cheguei a ganhar o prêmio de Funcionária do Ano na festa de fim de ano. Pela primeira vez, eu ser uma mulher feia não atrapalhava o meu desempenho e as minhas relações pessoais. E foi assim, com uma autoconfiança até então inédita, que fiquei amiga de Zico Farias.

Zico desprezava histórias com escritores no papel principal, embora elas fossem suas preferidas e seus autores de cabeceira, todos, já tivessem usado deste recurso para prendê-lo à cama até a última página. Desde pequeno, Zico só conseguia ler assim, deitado, a ponto de passar três dias inteiros levantando da cama apenas para mijar e beber Coca-Cola, beber Coca-Cola e mijar, em um ciclo aquoso que só terminava quando o livro chegasse ao fim.

Zico Farias era um escritor ainda não publicado que escrevia sobre prostitutas, bandidos, desocupados, malandros, pobres em geral e drogados, sempre com base nos seus conhecimentos empíricos, ele que a vida inteira havia morado com os pais no mesmo apartamento de classe média alta. O mais próximo que Zico tinha chegado da realidade que retratava em sua obra foi mudar para o quarto de empregada do apartamento, sem esquecer de instalar ali um ar-condicionado. Nesse quarto ele passava suas noites escrevendo, escrevendo, escrevendo, com o ambiente outrora proletário inspirando seus romances sobre os menos favorecidos, e o ar regulado para gelar o ambiente a doze graus, como se ele estivesse sempre em um estúdio no outono de Nova York.

Foi procurando um personagem para começar seu novo livro que Zico tomou duas decisões: pedir demissão da agência e escrever sobre um escritor.

– Preciso respirar, Ju. A propaganda está sugando minha alma. Decidi largar tudo e escrever, integralmente, sobre um escritor como eu, com sete livros inéditos e dois publicados em edições do autor, com o subsídio do pai do autor. Um escritor que finalmente tem uma ideia genial e chama a atenção de uma poderosa editora. Como eu sei que vai acontecer comigo.

Zico e eu começamos a conversar por causa das inúmeras visitas dele ao Departamento Financeiro, atrás de empréstimos a serem descontados de futuros salários. O problema é que os vales eram tão frequentes, dois ou três por semana, que não lhe sobrava salário a receber no final do mês, o que recomeçava o ciclo de empréstimos e tornava suas idas ao Financeiro cada vez menos espaçadas. Foi analisando a situação econômica de Zico que passei a aconselhá-lo e, em seguida, virei sua confidente e melhor amiga. Ou era o que parecia. Na verdade, eu estava apaixonada por ele e tinha secretas esperanças de ser correspondida. Estávamos tão próximos que eu ser uma mulher feia não impedia meus sentimentos, mesmo Zico sendo o tipo de cara que fazia sucesso com as garotas bonitas. Conteúdo, era o que eu tinha a oferecer. Algo que ele, como escritor, certamente saberia valorizar.

– Meu personagem não vai morar com os pais, obviamente, para que essa condição não diminua sua força dramática. Ele será um *outsider*, um contraventor, um rebelde com a causa da literatura, sublocatário de um cômodo cheio de vazamentos e baratas em um bairro humilde da cidade, na casa de uma velha obrigada a lotear a casa para complementar a pensão do marido. Um personagem, enfim, digno de despertar a admiração da humanidade. E de Daniela.

O biscoito amanteigado com recheio de doce de leite que eu comia entalou na minha garganta. Zico já havia mencionado a tal Daniela algumas vezes, mas eu nunca tinha dado atenção, ou significado, às citações.

– E quem é... Daniela?

– Nunca contei para você da garota que me nega todas as chances por eu ser um capitalista aproveitador e acomodado, como ela diz?

Teria preferido que ele continuasse sem contar, mas era tarde. Ouvi a história de Zico mastigando com raiva os amanteigados que ainda restavam no pacote.

Daniela era formada em antropologia na faculdade federal, mas dava aulas de introdução à filosofia para crianças do ensino médio. Morava com mais quatro antropólogas em um apartamento perto da casa de Zico, que a viu pela primeira vez na parada de ônibus, ele esperando um ônibus ou um táxi, o que passasse primeiro.

Nas palavras de Zico, Daniela era linda, apesar do jeans de fundilho caído e da camiseta velha, com a foto desbotada de uma candidata a vereadora não eleita, usada para fora das calças e sem sutiã. A pasta com o elástico arrebentado que levava na mão certamente explodiria a qualquer momento, tamanha a quantidade de papel que continha, e a mochila velha pendurada nas costas deixava à mostra cadernos, livros e mais papel amassado. O conjunto talvez não interessasse a um observador menos atento, mas Zico, acostumado a procurar beldades nos bares mais sujos, podia afirmar que aquela era a garota mais bonita que já havia estado a trinta centímetros dele.

A garota mais bonita da cidade, Zico disse, fazendo com que eu enfiasse três biscoitos na boca de uma só vez. Na ocasião eu não sabia, mas, algum tempo depois, iria descobrir que ele estava, na verdade, copiando Bukowski.

Por causa dela, Zico deixou o ônibus passar cheio de lugares vagos e ignorou os táxis vazios que diminuíam a marcha ao vê-lo, para entrar no ônibus lotado que chegou à parada em seguida.

– Eu precisava me aproximar sem parecer um desses tarados especialistas em abordar usuárias do transporte coletivo, Ju. E a oportunidade veio quando ela deixou cair uma das suas incontáveis folhas escritas na frente e no verso. Me abaixei para pegar, batendo a cabeça em várias bolsas e levando um apertão involuntário de um senhor, que fez meu queixo encostar no local ocupado pelas bolas dele. Consegui apanhar a folha, amassada e pisoteada, e a entreguei para ela.

– Muito obrigada. Você salvou a minha vida.

Zico não tentou descobrir o que havia no papel para que a garota reagisse daquela forma. Ainda assim, até o centro da cidade e na qualidade de salvador de uma donzela em perigo, tratou de perguntar o nome de sua vítima, Daniela, trocar telefones e recolher todas as informações que pudessem ser úteis para planejar o passo seguinte: convidá-la para sair.

– Sabe, Dani, hoje eu já acordei pensando em pegar um cineminha...

– Pode me chamar de Daniela. Eu odeio esse hábito pequeno-burguês de diminuir o nome das pessoas.

Foi com essa justificativa, os hábitos pequeno-burgueses de Zico, que Daniela jamais aceitou seus convites para sair. Pior: que nunca levou a sério a literatura que ele fazia, acusando-o de escrever sobre as classes excluídas apenas para enriquecer à custa delas.

– Você não sabe o que é passar fome. Não sabe o que é estar desempregado há anos, sem sequer a esperança de uma colocação. Não sabe o que é sustentar cinco, seis filhos, ganhando salário mínimo. Não sabe o que significa ser negro no nosso país. Ou sabe?

– Não, graças a Deus.

Não que Daniela soubesse, mas o fato de se comportar como se fosse negra, faminta, cheia de filhos e sem nenhuma oportunidade de estudo ou trabalho bastava para que ela se considerasse melhor que Zico e que todos os burgueses. Ou todos que ganhassem mais de dois salários mínimos na carteira, para simplificar.

O pacote de biscoitos havia terminado há tempos quando Zico encerrou a história, contando que publicar um romance seria sua única chance de conquistar Daniela. E então comê-la em um ambiente mais do que apropriado, as dependências de empregada onde ele vivia. Naquela noite chorei como há muito não sentia vontade, a pobre mulher feia apaixonada por um homem interessado na garota mais bonita da cidade. Tanta água saiu do meu corpo que me senti fraca e sem ânimo, a ponto de levantar para comer uma caixa inteira de goiabada etiquetada com o nome de Catilene. Amanhã, tão logo o supermercado abrisse, eu trataria de repor o doce. Já minhas esperanças de ficar com Zico, essas só um milagre do Santo Expedito, o cara das causas impossíveis, conseguiria devolver.

Na manhã seguinte, mal cheguei ao trabalho, Zico estava ao telefone descrevendo cada minuto da sua noite.

Depois que nos despedimos, ele foi para casa e começou seu novo livro com o personagem-escritor, que chamou de Sérgio, seu nome de batismo, tendo uma grande ideia para um romance. As horas seguintes Zico passou tentando imaginar que ideia seria essa. Sentado diante do computador, a cabeça mais vazia que a tela, ele construía argumentos que eram destruídos antes mesmo de serem formulados.

– Foi um inferno, Ju. Levantei quinhentas vezes para beber café, Coca, água, o licor caseiro de maracujá que minha avó faz e a última lata de Miller, escondida na gaveta das verduras. Devia ser do meu pai. Liguei a televisão, o rádio, o CD, apaguei a luz, acendi um incenso, deitei, dormi, pedi uma pizza de calabresa forte, liguei para três amigos que não estavam e, no fim, fui para a Cidade Baixa encontrar algum conhecido, ou algum desconhecido. Eu só não queria ficar sozinho.

– Você podia ter me ligado, Zico.

– Pensei nisso, mas não quis incomodar ainda mais você.

– Eu teria adorado.

Ele ficou em silêncio por alguns segundos, não sei se lamentando a ligação que não fez ou buscando significados na minha reação. Talvez Zico, apaixonado por uma garota tão bonita, ficasse assustado por ser o objeto do meu amor. Eu deveria ser mais cuidadosa nas próximas vezes, não me mostrando disponível demais para não levantar suspeitas sobre os meus sentimentos.

– Vou lhe dizer o que há de errado com o meu livro, Ju.

– Não tenho nada de importante para fazer aqui no departamento agora, Zico. Vou para a sua casa e você me fala tudo.

Aleguei uma dor de estômago fulminante para o seu Armando e saí. Ninguém nunca duvida das dores de estômago fulminantes das gordinhas. Foi assim que o resto da história Zico contou com a cabeça apoiada nas minhas coxas, com algumas pausas para compará-las aos enormes travesseiros de penas em que deitava a cabeça na infância, quando dormia na casa dos avós.

– Se o escritor Sérgio tivesse uma ideia espetacular para um grande romance, a ideia seria minha, e não dele, e o romance seria meu, e não dele, e quem chamaria a atenção de uma editora seria eu, e não ele, e tudo seria verdade e não uma ficção dentro da ficção. Entendeu, Ju?

Dito isso, Zico ficou de olhos fechados e imóvel, como que esgotado pelo esforço de reconhecer um problema em sua grande ideia. A boca meio aberta deixava ver a ponta da língua e a arcada inferior, sem obturações, ao contrário da minha própria dentadura. Cheguei a ter onze cáries de uma só vez, combinação dos pacotes diários de jujubas e do meu medo, beirando o pânico, de ir ao dentista. Minha mãe contava que, aos nove anos e forte como um adolescente de quinze, cheguei a bater no dr. Edson, dentista da nossa família, quando ele se aproximou dos meus dentes cheios de buracos com a broca zumbindo e espirrando água gelada. Depois do incidente, o dr. Edson se recusou a atender qualquer membro da família Costa, e minhas cáries não curadas se transformaram em dolorosos e dispendiosos tratamentos de canais. Sem minha ex-chefe, a dra. Suzane, e seu consultório de odontopediatria, onde quase perdi os dedos segurando as bocas dos pequenos cariados, provavelmente eu fosse uma mulher feia e sem molares, caninos e incisivos, hoje em dia.

Sempre que agia por impulso eu acabava me arrependendo, mas naquele instante não tive dúvidas do que deveria fazer. Alguns dirão que me aproveitei da fragilidade de Zico para beijá-lo, e foi isso mesmo. Ele ainda tentou soltar a cabeça, mas a pressão do meu corpo inteiro debruçado sobre sua boca tornou impossível qualquer movimento. Foi um beijo comprido, regulado exclusivamente pela minha vontade. Zico levantava as mãos e emitia sons abafados, talvez afogado pela minha saliva. Eu ignorava os sinais e continuava beijando.

Quando terminei, ele levantou de um pulo e disse algo sobre ter um compromisso com uma editora. Fingi acreditar e peguei minha bolsa para sair. Então Zico passou os próximos vinte dias sem me procurar, e no vigésimo primeiro, eu onze quilos mais larga por solidão e ansiedade, voltou.

O que me falou transcrevo a seguir, como se ele mesmo contasse:

"Em uma semana eu tinha quatro páginas escritas e nenhuma ideia para a próxima linha. Muito pouco para quem, chamado de vagabundo pelo próprio pai, respondeu se dizendo um operário das palavras. Talvez influência de Daniela, que não saía da minha cabeça.

Resolvi ir ao centro da cidade comprar revistas e jornais. Passava das cinco e, para minha surpresa, vi Daniela na parada de ônibus, fones nos ouvidos e os pés batendo sem ritmo na calçada.

– Já sei, você está ouvindo Oswaldo Montenegro.

Daniela balançou a cabeça sem levantar os olhos, em um movimento que tanto podia significar sim, quanto não, quanto vá à merda, seu burguês idiota, e em seguida esqueceu que eu existia. Um táxi apareceu no momento em que o ônibus chegava à parada. Quando Daniela e os outros proletários já se prepararam para embarcar, fiz sinal para o táxi parar, mesmo sabendo a falta que os quinze reais da corrida me fariam.

– Quer carona, Dani?

Eu a chamei assim de propósito e, se a sociedade fosse regida pela coerência, deveria esperar que a garota me acertasse um chute na cara. Mas Daniela apenas saiu da fila, sem vacilo algum, e ficou parada ao meu lado, esperando que eu abrisse a porta e afastasse o banco dianteiro para facilitar-lhe a entrada. Ia sentar ao lado dela quando veio a ordem.

– Vá no banco da frente, para ninguém pensar que nós nos achamos melhores que o motorista.

Ignorei a vontade de Daniela e fui até o centro encostando minha coxa na dela e interrompendo a cada minuto a música que ela ouvia para falar do meu livro, do mentiroso interesse de uma editora conceituada pela minha obra, da minha participação em uma antologia inventada e, finalmente, dos meus planos, renovados, de convidá-la para sair.

– Cinema hoje e depois um xis, em pé mesmo, em algum trailer à sua escolha. Sem Coca, claro, que eu também não suporto essas manifestações do imperialismo.

Naquela noite ela não podia, estava estudando para um concurso da Secretaria Municipal da Educação. Mas Daniela ficou de me ligar, já que não havia um número onde eu pudesse encontrá-la, e a ideia era sairmos juntos no próximo sábado.

– Vou esperar, Dani… ela.

Agora que a classe dominante lentamente vencia as resistências do povo, eu não colocaria tudo a perder chamando uma de suas representantes por um apelido capitalista.

Voltei inspirado para meu quarto de empregada e escrevi dois capítulos inteiros sobre os conflitos do escritor Sérgio, desde sua saída da casa dos pais até a instalação no quarto cheio de infiltrações de um sobrado decadente. Parei no momento em que ele, sentado em frente a um velho computador 386, uma carroça que já era obsoleta na época da sua invenção, resolvia escrever sobre a garota que amava.

Não era um tema inédito, eu reconhecia, e talvez não fosse interessante o bastante para uma editora, mas Sérgio escreveria sobre Daniela, que no livro se chamaria Manuela e, se eu não progredisse urgentemente com a garota, veria seus planos de um romance se resumirem a um conto. Na melhor das hipóteses.

– Não trabalha. Não ajuda em casa. Não leva um copo sujo para a pia. Não consegue editar nada. Dorme até às duas da tarde em um sábado cheio de sol. Nem a barba faz mais. Onde esse tipo de vida vai levar você, Zico Farias? Ao Nobel de Literatura? Bem, ou eu muito me engano, ou aposto que não.

Dediquei o sermão do meu pai, às 14h17 do sábado em que eu finalmente sairia com Daniela, a Sérgio, meu personagem e, vá lá, alter ego. Um pouco de chateação seria útil à personalidade dele. Tão logo as lições vespertinas do velho chegaram ao fim, voltei ao quarto para escrever e esperar a ligação. Às seis da tarde, quando o telefone tocasse, a voz de Daniela, mais aguda do que meus tímpanos gostariam de ouvir, mas perfeita para gritar slogans em uma concentração de sem-terra, definiria a hora e quando e onde seria o nosso encontro.

Uma estratégia para deixá-la com a sensação de estar no comando da situação, nessa primeira vez.

Dezoito horas. O telefone não tocou.

Dezoito e dez. O telefone não tocou.

Dezoito e quinze. O telefone não tocou, mas ainda não havia motivo para preocupações. Na política estudantil, quinze minutos de atraso eram chamados de tolerância bolchevique, prazo que tanto podia ser usado para fugir da repressão quanto para ficar um pouco mais na cama ou para dois militantes se comerem de pé, no banheiro da faculdade.

Dezoito e vinte. O telefone não tocou.

Dezoito e vinte e cinco. O telefone não tocou.

Dezoito e trinta. O telefone não tocou.

Dezoito e trinta e três. O telefone tocou.

– Puxa, Daniela. Até onde eu sei, a tolerância bolchevique é de quinze minutos.

– Vamos nos encontrar às 21h20 na frente do Órion para ver o último do Costa-Gavras. Cada um paga o seu.

E desligou sem um beijo, como se, em vez de lazer, estivéssemos tratando da invasão do velho cinema do centro da cidade onde ninguém mais ia, só Daniela, que certamente era contra as salas dos shoppings.

Cheguei meia hora antes e comprei o ingresso dela. Daniela apareceu linda, a não ser pela roupa, saia de algodão floreado e a camiseta, já meio gasta, de uma ONG contra o uso de pele animal. Com um rosto e um corpo daqueles e um bom banho de loja, como eu poderia proporcionar se meu livro estourasse na lista dos mais vendidos, Daniela era mulher para deixar um cara satisfeito por bons cinco anos, no mínimo. Mesmo com o péssimo figurino, eu me sentia orgulhoso por estar com ela, e só lamentava o cinema quase vazio para minha exibição não ser um sucesso completo.

O filme não era mau, admito. No final, Daniela parou na calçada para opinar sobre cada cena, enquanto a rua pouco movimentada ficava cada vez mais deserta. Achei que chegava a hora de levá-la para um lugar mais seguro. Meu quartinho de empregada, por exemplo.

– Impossível, Zico. Combinei de dormir na pensão do cara com quem estou saindo. Ele ia panfletar até as onze, agora já posso ir para lá. Não precisa me acompanhar até o ônibus. Obrigada pelo cinema e até qualquer dia desses. Foi tudo ótimo."

Acompanhei Zico até seu quarto sem a necessidade de um convite. Ele já entrou no quarto de empregada segurando os meus peitos e, quando eu já estava nua e ajoelhada no meio das suas pernas, disse que deletaria os cinco capítulos em que Sérgio Farias narrava sua vida desinteressante de escritor apaixonado pela garota mais bonita da cidade. Bukowski já escreveu sobre isso com muito mais talento, ele disse.

– Amanhã começo um novo romance sobre qualquer tipo de pessoa, uma *strip-teaser*, um traficante de bom coração, um doador de sêmen, uma empregada doméstica, um matador de aluguel. Mas nunca mais sobre um escritor.

Histórias de amor com final feliz nunca deram bons livros, Zico resmungou, antes de enfiar a barba na minha bunda. Mais tarde ele abriu a porta de serviço para eu ir embora sozinha. E depois que eu saí, nunca mais me procurou ou quis ser encontrado por mim.

8. David

Fiz aniversário ontem e já há algum tempo noto em mim algo que sempre percebi nas mulheres, nas feias e nas bonitas: com o passar dos anos, os traços do rosto vão endurecendo, sofrendo transformações, se modificando até tomar uma conformação quase masculina. Basta reparar nas mulheres de meia-idade e nas velhas para comprovar a verdade dessa observação. Bocas caídas, olhos sem brilho, cabelos mais ralos, manchas e sinais, alguns com grandes fios pendentes. As mulheres terminam a vida parecidas com os homens e só não são confundidas com eles por causa dos vestidos estampados que usam.

Examinando atentamente meu rosto, sou forçada a reconhecer que, no meu caso, o processo já começou. E ainda nem completei trinta anos.

É bem verdade que nunca fui dona de um rosto delicado, desses de maxilares finos e lábios desenhados, mas agora o quadro piorou. Uma penugem relativamente espessa cobre toda a minha cútis, denominação em vigor apenas nas bulas dos produtos de beleza que eu compro no supermercado. Espalhe suavemente pela cútis para assegurar uma aparência acetinada. Vai ver, os pelos que aos poucos nascem da testa até meu queixo são resultado dos cremes que venho usando ao longo da vida. Preciso me acostumar com a ideia de enxergar o Tony Ramos sempre que me olhar no espelho.

Junto com os pelos, identifiquei também um alargamento nasal. Everton, meu irmão mais velho, sempre disse que o nariz e as orelhas só param de crescer com a morte. No meu caso, talvez o aumento seja um problema ósseo, excesso de cálcio causado por todo o doce de leite que comi desde o meu nascimento. O fato é que meu nariz ficou maior, mais achatado e mais volumoso na parte superior, bastante parecido com o que meu avô Gaspar, já falecido, ostenta nas fotos que cobrem as paredes da casa da minha mãe. Cujo rosto, como não poderia deixar de ser, lembra com triste fidelidade as feições do vovô Gaspar.

Eu estava ficando com cara de homem e, como se não bastasse, havia várias outras questões estéticas com que me ocupar.

Minha largura, por exemplo.

Mulheres bonitas costumam apresentar peso proporcional à altura e, mesmo quando se excedem nas lasanhas e nos chocolates, isso não causa maiores transtornos do que não entrar em uma calça jeans apertadíssima ou desistir, mesmo que temporariamente, do biquíni de lacinho. Já uma mulher feia acima do peso tem mais perdas para chorar.

Se não for impressão minha, meus colegas da agência de propaganda andam conversando menos comigo e com os meus quilos a mais. Almoço geralmente sozinha em um buffet livre, o que não é de todo mal. Posso me servir quantas vezes quiser sem piadinhas ou olhares de recriminação. Também trabalho melhor, sem interrupções para contar o que fiz na noite passada ou como foi meu final de semana. As pessoas costumam achar que a vida de uma gordinha feiosa se limita ao horário comercial, o que até faz algum sentido, na minha atual fase. Seja como for, tenho toda uma agenda social imaginada para relatar, se algum dia alguém se interessar em perguntar por ela.

A quantidade de opções do meu guarda-roupa também diminuiu e sinto saudades de duas ou três blusas largas que me acompanhavam já há algumas estações. Mas é dos homens a falta que eu mais sinto neste período em que meu rosto vai virando o de um deles e meu tamanho extrapola a cada dia o manequim GG, de Grande e Gorda, na livre interpretação do meu irmão Everton. Preciso procurar com urgência no livrinho do plano de saúde o telefone de um endocrinologista, de um dermatologista, de um cirurgião plástico e de um cardiologista, este último para tratar meu coração doído de abandono e solidão. Tomara aqueles comprimidos de colocar sob a língua pudessem me ajudar.

Era acompanhada de todas essas tristezas que eu almoçava na quarta-feira, quando alguém bateu levemente no meu ombro.

– É sua? Estava no chão.

Demorei a entender que era a mim que o homem alto, moreno, de barba negra, um prato cheio de salada em uma mão e minha bolsa amarfanhada na outra, se dirigia.

– Não é sua? Então vou entregar para o garçom.

– É minha, claro, minha velha bolsa de estimação!

Velha sim, de estimação, jamais. Eu usava aquele saco puído por pura falta de iniciativa de entrar em uma loja e comprar o que fosse. Apanhei a bolsa tentando esconder seu mau estado.

– Muito obrigada, como posso agradecer?

– Já agradeceu, não se preocupe. Tchau.

– Não!

Minha voz fez com que vários clientes interrompessem a refeição e outros tantos retirassem as cabeças de dentro das cubas do buffet para me olhar. O homem alto, objeto do meu grito, parou no meio do caminho e me olhou.

– Por favor, gostaria de lhe oferecer um suco ou uma sobremesa ou um café. Ou um suco, uma sobremesa e um café. Em agradecimento pela sua gentileza.

– Você já agradeceu. Até outro dia, garota.

Até outro dia, ele disse, e então foi sentar sozinho em uma mesa perto da janela. Garota, ele me chamou, e fiquei com a impressão de ter notado uma ponta de carinho no modo como a palavra foi articulada.

Garota.

Passei a tarde olhando com ternura para a bolsa estragada. Não que eu costumasse me apaixonar pelo primeiro homem bonito que juntava minhas coisas do chão, mas depois de tantos meses sem nenhum acontecimento relevante envolvendo pessoas do sexo oposto, aquela não deixava de ser uma oportunidade que a vida me apresentava. Amanhã eu voltaria ao buffet, e depois de amanhã e de amanhã de amanhã e de amanhã de amanhã de amanhã também. Eu chegaria ao meio-dia e um segundo e ficaria lá até um segundo para as duas da tarde todos os dias, sentada na mesa da janela em que ele ficou, até encontrar o barbudo novamente.

Pensei isso alisando os pelos que cobriam meu próprio queixo. Se eles continuassem crescendo, e supondo que minhas intenções com o barbudo se concretizassem, eu corria o risco de acabar dividindo o mesmo pincel de barba com ele.

Não foi uma ideia romântica. Melhor procurar, junto com o endocrinologista, o dermatologista, o cirurgião plástico e o cardiologista, uma boa depiladora também.

– Oi, lembra dela?

Na quarta-feira seguinte, depois de uma semana inteira almoçando durante duas horas sem parar, na esperança de ver o barbudo, finalmente consegui encontrá-lo. Tão logo ele se acomodou, segurei minha bolsa velha como um troféu e iniciei a abordagem.

– Falou comigo?

O barbudo olhou primeiro para a bolsa suja e rasgada, depois para mim, depois para a bolsa, depois para mim, e não reconheceu nenhuma das duas.

– Há uma semana, você juntou essa BOLSA e entregou para MIM. Não lembra mais?

– Desculpe, garota. De fato, seria difícil não lembrar de você.

Começos são assim, ou promissores, no caso das mulheres bonitas, ou apenas começos, no caso das feias. Importante é que eu havia feito contato e agora estava transferindo meu prato bem servido para a mesa dele.

– Vou sentar com você e assim a gente se conhece melhor. Cuide da minha bolsa, sim?

Deixei minha bolsa vergonhosa na cadeira, sem esperar pela resposta do barbudo. Quando voltei, ele já estava diante de um frugal prato de salada.

– Você é vegetariano?

– Não, mas não me excedo nas carnes e prefiro as magras.

Podia ser uma indireta, mas preferi ignorar.

– Ainda não nos apresentamos. Meu nome é Ju. Muito prazer.

– David. Prazer.

– Que nome lindo. Seus pais são ingleses?

– Não.

– Americanos?

– Não.

– Seus avós eram estrangeiros?

– Bageenses, do interior do Rio Grande. Toda a nossa família é de lá.

– Que interessante, David.

Ele ficou em silêncio, apenas mastigando suas rúculas e agriões.

– Os vegetais andam caros, não? O governador disse que é por causa da seca.

– Conversa de político.

Era preciso estabelecer o diálogo rápido. Olhando para o corpo esguio do barbudo, tudo indicava que ele não repetiria o prato. Eu tinha poucas folhas de alface, dois tomates-cereja e uma mísera couve-flor para me aproximar.

– Aquele dia que você juntou minha bolsa, puxa, você nem sabe o favor que me fez. Imagine que eu estava com todo o dinheiro da empresa para depositar.

Mentira, mas pelo menos ele olhou para mim.

– Não diga. Você trabalha com valores?

– Sou gerente financeira. Muito prazer.

Ofereci a mão a David, que largou o garfo para apertá-la, sem saber se devia retrucar com um "prazer, sou analista de sistema". Como ele não falasse nada, perguntei.

– Você faz o quê? E onde?

– Sou *promoter*.

– Como assim?

– *Promoter*. Em uma casa noturna. Recebo as pessoas, escolho quem entra e quem fica na rua, faço a divulgação das festas. É isso.

– Que interessante, David.

Ele cortou fora o talo da couve-flor antes de levá-la a boca. Entendi que a conversa estava chegando ao fim.

– Quer que eu guarde lugar para você no almoço de amanhã?

– Só almoço aqui às quartas. Saio do meu psiquiatra e venho para cá. Nos outros dias, durmo até as três. Passo as madrugadas acordado por causa do meu trabalho.

– Onde fica a sua boate?

– Casa noturna. Guarde o cartão. Não temos consumação de terças a quintas. Até qualquer hora.

Até qualquer hora, não, David. Até quinta à noite, quando eu vou convidar Catilene para ir na casa noturna em que você é *promoter*. Lemon Dream, diz o cartão. Sonho Limão? O que significa isso? Aposto que o pessoal da agência teria um nome mais inteligente para sugerir.

Passei a tarde me confundindo com as contas do final do mês, até seu Armando perder a paciência com meus erros e me despachar para a xerox. David. Lemon Dream. Por que será que o barbudo consultava um psiquiatra? Assim, nos primeiros contatos, ele parecia ser um homem absolutamente normal. Catilene, deixe seu vestido preto com brilhinhos na área de serviço para arejar. Amanhã você vai comigo desvendar os segredos de David.

Catilene não foi comigo. Alegando primeiro os estudos, depois cansaço, depois sono e finalmente que não achava seguro duas garotas saírem para a noite sozinhas, ela me fez ir sozinha para a noite, de táxi, até um galpão perto do aeroporto, em uma zona retirada da cidade. Passava das onze horas e fiquei com o celular do motorista, para a hipótese de não conseguir uma carona com David na volta.

O Lemon Dream era uma caixa de concreto pintada de verde-limão, com dezenas de pessoas em uma fila, todas parecendo se divertir com a espera para entrar. Vendedores de cerveja tratavam de abastecer os clientes com suas caixas de isopor encardidas, e a música que vinha do interior da casa era suficiente para que muitos dançassem na calçada. Uma gorda de minissaia pregueada e tranças era a mais animada, empurrando os outros com passos de dança que lembravam movimentos de luta livre. Vez por outra ela derrubava alguém, e então a fila inteira gritava.

– Super-Nani, uh, uh.

Fiquei várias posições atrás da Super-Nani, cuidando para não ser atingida por seus golpes. Ela devia ser uma figura conhecida nas filas da Lemon Dream e não teve problemas quando finalmente chegou na porta. Quarenta minutos depois, um segurança grande e vermelho decretou que eu não entraria.

Eu não havia passado por tantos obstáculos para voltar para casa sem falar com David.

– A casa está cheia?

– Vai ficar.

– Quero entrar agora.

– Todos querem.

– Eu conheço o David.

– Todos conhecem, gordinha.

– Pode chamá-lo, por favor?

– Espere ali ao lado, junto com os amigos do David.

– Ele vem me buscar?

– Claro que sim. A moreninha de piercing pode entrar.

Fiquei junto com a turma chamada de Amigos de David pelo segurança, todos barrados como eu. Olhando para eles, eu não conseguia entender os critérios da Lemon Dream para definir suas *personas non gratas.* Isolados em um canto da calçada, os Amigos de David reuniam jovens de touca de lã, três amigas com os cabelos alisados e enormes brincos de argola, um gay espalhafatoso, várias pessoas de óculos escuros e um casal de meia-idade. Eu podia mesmo dizer que era a única no grupo a ser uma potencial discriminada por pertencer a alguma minoria, ou duas, para ser mais exata, a das feias e a das obesas, embora minha quase certeza de que éramos maioria no mundo. Se David aparecesse para me resgatar, eu perguntaria a ele que tipo de pessoa seria recomendável alguém nascer para entrar sem traumas na Lemon Dream.

E ele apareceu.

Eu estava há pouco mais de meia hora esperando, quando o vi dando instruções na porta.

– David!

O barbudo olhou e eu segurei bem alto a bolsa azul-clarinho seminova que pedi emprestada para minha colega Guacyra. Ele não reconheceria a bolsa, mas com certeza lembraria do gesto.

Mostrei todo o meu desprezo ao segurança quando passei para o interior da Lemon Dream conduzida por David. Lá dentro, meus ouvidos doeram com o som alto demais, e meus olhos não conseguiram mais ver, tanto pelo breu local quanto pelos fachos de luz ofuscantes que varriam o ambiente de quando em quando. Eu não sabia sequer se David ainda estava comigo ou não. Tateando, consegui encontrar uma parede e fiquei encostada lá, rezando para que as lâmpadas se acendessem e eu recuperasse o rumo.

– Cansada?

Impossível ver quem perguntava. Impossível saber se era para mim que perguntavam.

– Falou comigo?

Em resposta, alguém pegou minha mão e começou a brincar com as gordurinhas dos meus dedos.

– *So sweet...*

A voz sussurrada veio de um plano mais baixo que o da minha cabeça. Senti minha mão se umedecer de repente. Alguém que eu não enxergava lambia meus dedos um a um, assoprando-os com suavidade depois. Com a mão que restava livre procurei o rosto do meu sedutor. Ou seria sedutora?

Era um homem e tinha o rosto coberto por uma barba tão espessa quanto macia. Sim, David ainda estava comigo, talvez sentado no chão, o que explicava eu ter encontrado seu rosto na altura dos meus peitos. E como estes se localizavam um tanto mais abaixo do lugar convencional, eu seria mais exata se dissesse que o barbudo alcançava, no máximo, a minha cintura.

E se fosse David ajoelhado aos meus pés?

Puxada pelos cabelos, desci até encontrar uma boca com cheiro de cerveja e, mais ao fundo, pizza ao alho e óleo. Quando cansei de beijar o barbudo toda curvada, sentei ao lado dele e continuamos nos beijando até as centenas de luzes da Lemon Dream se acenderem de uma só vez.

– Sacanagem, meu irmão. Qual é?

A claridade revelou um cara de cabelos e barba vermelhos, pequeno e magro, praticamente sentado no meu colo. O contrário teria sido fatal para o homenzinho.

– Conheço você?

– Pode me chamar de Little Fire.

Little Fire levantou esfregando os olhos. Eu sentada e ele em pé, éramos quase da mesma altura.

– Legal te conhecer, guria. A gente se vê na noite.

Ele pulou para beijar meu rosto. Lembrei imediatamente de Pipico, o chihuahua avermelhado de minha prima Tiasmina, que saltava nas pernas de todos em busca de um osso ou um afago. Em lugar de pedir meu telefone ou de apertar minha mão ou apenas dizer até logo ou adeus, Little Fire se despediu de um jeito peculiar:

– Apaguei!

Não vi David entre os eufóricos e os bêbados que deixavam a Lemon Dream. Muitos seguiam em grupos na direção do aeroporto, com certeza para pegar o trem. Sem mala e com aquelas roupas, duvido que fossem passageiros de algum voo.

Eram quase seis da manhã quando cheguei em casa. Eu tinha reunião com o seu Armando às oito e meia, e preferi ficar acordada para não perder a hora. Tomei um café da manhã forte e calórico e comi boa parte dos pães e biscoitos etiquetados com o nome de Catilene. Às oito eu já estava na agência, dormindo em cima do meu computador. Tomara que não fossem muito os relatórios a conferir e os números a confirmar, em uma sexta-feira que prometia ser longa.

E não foi.

A reunião com o seu Armando tinha o objetivo de me demitir. Ele alegou meus sucessivos erros e as desconfianças geradas por eles para encerrar meus quatro anos no departamento financeiro da SCD Comunicação.

– A agência vai pagar aviso prévio. Você está dispensada a partir de agora.

Saí sem enviar pelo correio eletrônico o tradicional comunicado de quem leva um pé na bunda:

"Prezados colegas,

Estou partindo para novos desafios. Gostaria de agradecer a vocês e, em especial, aos meus chefes, por tudo o que aprendi neste período. Abaixo segue o meu telefone, para que continuemos mantendo contato."

Seu Armando teria que passar sem o meu agradecimento fingido, e meu novo desafio seria estar em casa o dia inteiro sem engordar mais cem quilos, assistindo televisão e comendo para passar o tempo.

Chorando, liguei para minha mãe do primeiro orelhão e contei o infortúnio. Ela insistiu para que eu fosse imediatamente para a casa onde cresci e fui feliz.

Onde cresci, melhor dizendo.

Continuei chorando no colo dela, no ombro do meu pai, nos ouvidos do meu irmão Everton e no quarto do caçula Emerson, que estava desaparecido há quatro dias. Tomara que não tivesse morrido, até mais por mim do que por ele. Minha cota de sofrimento já estava preenchida, com o episódio da demissão.

– Não morreu, não. Ele agora vive assim, quatro dias fora e um em casa, metido com uma dona que tem dois filhos. Já, já eu corto as asinhas dele. Seu irmão está pensando que isso aqui é hotel? Ah, quando ele aparecer. Não queira estar na pele dele, Ju.

Desde pequena eu ouvia minha mãe dizer que não era nossa empregada e reclamar sobre o quanto nós éramos imprestáveis e que a casa não era lavanderia ou restaurante para nos fornecer tudo na hora em que quiséssemos. Desde pequena eu vivia com a impressão de morar não na minha casa, mas no reino da minha mãe, onde as crianças só davam trabalho e traziam preocupações. Impossível saber se havia marido e filhos no meu destino para desmentir a tese que construí, mas, até prova em contrário, eu considerava a família o último lugar do mundo para uma criança se sentir importante e necessária. Talvez, ao fim do meu estudo sobre a sexualidade da mulher feia, eu escrevesse um livro sobre o assunto. *Carandiru Parte II, um relato sobre a vida em família.*

Deixei minha mãe falando da ingratidão de Emerson e fui para casa. A casa de Catilene, na verdade. No caminho, comprei o jornal para iniciar a busca pelos classificados. Eu precisava de um novo salário para pagar minha parte no aluguel ou seria demitida do apartamento também. Catilene não era o tipo de pessoa que se comovesse com as desgraças sociais do país, como a minha fome e o meu desemprego.

Não pensei mais em David até a próxima terça-feira anoitecer. Todas as quartas o barbudo almoçava no buffet a quilo depois do psiquiatra, segundo o próprio. Já eu estava almoçando todos os dias na casa dos meus pais, para minha economia e prejuízo deles. Ainda assim, iria ao buffet para ver David. Podia ser a última vez e eu queria me despedir.

Ele chegou quase duas da tarde, mas dessa vez eu não tinha pressa. Pude esperá-lo calmamente, comendo vorazmente e fazendo valer cada centavo gasto no almoço. Até guisado com quiabo experimentei.

– Guardei lugar para você.

David agradeceu minha gentileza e foi direto se servir.

– Muito legal sua boate.

– Casa noturna. Mas não é mais minha. Saí de lá na quinta passada.

– Na noite em que eu fui? O que aconteceu?

– Estou partindo para novos desafios. Aproveitei para rever tudo. Hoje larguei meu psiquiatra e em breve mudo de endereço também.

Assim como eu, David havia levado um pé na bunda e estava cortando despesas, só que não ia confessar isso para mim. O que nunca houve entre nós terminava melancolicamente naquele momento. Também ele não tinha mais razões, nem dinheiro, para almoçar no buffet ou manter um padrão de vida de assalariado. Será que ao menos ele tinha os pais vivos para filar as refeições, como eu?

– E onde você vai trabalhar agora?

– Estou analisando propostas.

Traduzindo: David não tinha perspectiva alguma. Se ele dissesse que ia ser consultor, eu saberia que estava acabado. Pude aprender na agência que este é o destino de todo profissional em vias de ser demitido ou no desvio completo. Já que tipo de consultoria presta tanta gente que não é exatamente vencedora, isso eu não cheguei a entender.

– Serei consultor. Vai ser muito melhor para a minha carreira.

David sai da história aqui, sem nunca ter sido mais que uma esperança para mim. Não soube o que ele pensava, não descobri o que queria, nem fisicamente o conheci, tanto que passei uma noite inteira com o barbudo errado, enquanto imaginava beijá-lo. E se foi, no balanço final, um nada na minha história, por que dedicar um capítulo a ele?

Por raiva de mim.

É da psicologia das mulheres idealizar a mínima possibilidade de amor que se apresente. E até mesmo as que têm probabilidade zero, caso da feia que gosta do cara mais bonito da aula. Se houvesse um censo de quantas vezes uma mulher se apaixona por uma miragem ao longo da vida, os números, com certeza, surpreenderiam os pesquisadores mais experientes.

David ter juntado minha bolsa esfarrapada do chão foi o suficiente para eu perder o sono por ele. Para eu persegui-lo no buffet, gastar uma fortuna em táxis, errar a contabilidade da empresa em que trabalhava, sonhar barbaridades a qualquer momento do dia, horário comercial incluído. Alguém já disse que as mulheres não se apaixonam por uma pessoa, e sim pelo amor. Eu arriscaria um adendo: e as mulheres feias não se apaixonam pelo amor, e sim por um fiapo de amor-próprio.

Feitas tais considerações e esclarecendo-se que elas se baseiam tão somente na minha prática, sem o apoio teórico da antropologia ou da sociologia ou da psicologia ou de qualquer outra ciência, David deve estar hoje prestando consultoria em algum lugar do mundo. E se não fosse eu ter lembrado dele ao encontrar minha velha bolsa amarfanhada no fundo de um armário, eram grandes as chances de que não figurasse nestas páginas, como não figurou na minha vida.

9. Anônimo Dois

Eu morava sozinha há menos de um mês, depois de onze anos sob o jugo de Catilene. Nesse período tive vários empregos diferentes, mudei de cabelo inúmeras vezes sem que isso causasse alterações positivas na minha aparência e estive apaixonada na maior parte do tempo. Geralmente sem ser correspondida.

Meu novo apartamento ficava perto do meu novo local de trabalho. Aliás, alugá-lo só foi possível porque ele pertencia à mãe de uma colega que logo virou minha melhor amiga, Aldomara. Dona Luzimara, a mãe dela, dispensou fiador e demais burocracias por confiar na recomendação da filha. E assim eu passei a morar em um apartamento de dois quartos, pagando quase o mesmo que Catilene me exigia a cada final de mês, a mesquinha.

No começo foi estranho me ver em um espaço tão grande, eu que estava acostumada com as sobras de Catilene, o quarto menor, a prateleira vaga na geladeira, o banheiro só quando ela não precisasse usar, jamais um convidado meu em casa. Então descobri, aos 32 anos, que nada se compara a ser dona da própria vida. Eu ocupava meu novo apartamento como se nele morasse uma família inteira, não a minha de origem, bem entendido, que minha mãe sempre nos impôs a ordem e a limpeza. Nos meus domínios eu queria todas as luzes acesas, a tevê sempre ligada, os cômodos bagunçados, a louça acumulada na pia. Liberdade, afinal.

Agora eu trabalhava no departamento de pessoal de uma rádio e às vezes ajudava os locutores, selecionando as cartas de ouvintes que iam ao ar e conduzindo os entrevistados até o estúdio. Era o melhor emprego que eu jamais sonhei, um legítimo golpe de sorte, o único da minha existência, até onde eu lembrava. Perto do Natal e com uma colocação temporária em uma farmácia, atendi a diretora e voz-símbolo da rádio,

Kátia Summer, conhecida como a Voz do Verão, e me declarei fã dela e da emissora. Continuei atendendo Kátia enquanto o Natal não chegava, indicando as pastilhas para a garganta mais eficazes e baratas e os sprays colutórios de sabor menos repulsivo. No meu último dia, ela me deu um cartão e mandou procurá-la na rádio.

Uma semana depois, já com mesa, crachá de funcionária e carteira assinada pela Baticum FM, eu era a mulher mais feliz do mundo. A mulher feia, pelo menos. Aquela era a grande oportunidade da minha vida, e eu estava decidida a aproveitá-la como tal. Na ausência de um homem para ocupar meu corpo e minha cabeça, eu pensava na rádio o tempo inteiro. E foi assim que, em uma tarde, entrei na sala de Kátia Summer.

– Sabe, Kátia, eu acho que esse slogan, A Voz do Verão, restringe muito o seu alcance. E se você mudasse para Kátia Summer, A Voz de Todas as Estações?

Kátia não apenas concordou, como passou a ser anunciada conforme eu havia sugerido. Foi meu primeiro grande êxito profissional, e eu sabia que viriam outros. Pela primeira vez eu experimentava as maravilhas da autoconfiança e estava encantada comigo.

Aldomara, a filha da dona do meu novo apartamento, era a telefonista da rádio. Para compensar um rosto próximo da hecatombe, Deus deu a ela uma voz macia e modulada, que a fazia sonhar em trocar o PABX pelos microfones. Para isso, Aldomara tinha aulas de técnica vocal e apresentava gincanas e eventos em uma igreja, como treinamento para uma futura estreia na Baticum FM. Aldomara falava o tempo inteiro como se estivesse em um programa de rádio, empostando a voz e se referindo a todos como ouvintes, qualquer que fosse a situação. Quando queria sair comigo, ela irrompia no departamento de pessoal, onde só eu trabalhava, e antes de entrar no assunto saudava as multidões.

– Boa tarde, ouvintes desse Brasil tão grande e tão cheio de belezas e riquezas. Este convite vai para nossa ouvinte Ju, para participar, logo mais, de um programa informal no bar Oriente, com direito a cerveja gelada e amendoim torrado. Você aceita, Ju?

Em um domingo, quando levei Aldomara para almoçar na casa dos meus pais, não restou dúvidas para ninguém de que ela possuía alguma perturbação mental. À mesa, Aldomara contava fatos de naturezas diversas como se narrasse o *Fantástico*, enunciando antes uma espécie de manchete sobre o que iria falar, e emitindo efeitos sonoros com a boca para separar um tema do outro. Eu, que já estava acostumada com as performances dela, consegui devorar três ou quatro pratos de estrogonofe sem maiores estranhezas. Já para minha família foi mais difícil controlar os acessos de riso e até a irritação. O silêncio e a paz não existiam com Aldomara por perto.

Seja como for, eu vivia uma fase feliz, e Kátia Summer havia mesmo me acenado com a possibilidade de ajudá-la na produção do programa da tarde. Uma chance que eu pretendia agarrar com unhas roídas e dentes cheios de obturações, mas nem por isso menos preparados para a luta.

Na noite de quarta fiquei até mais tarde na rádio, já com o objetivo de me mostrar disponível para Kátia. Quando cheguei à parada de ônibus, quase dez da noite, me deparei com um escoteiro. Não um menino, mas um escoteiro adulto, as coxas peludas saindo do calção cáqui e a meias brancas, imaculadas, na altura do joelho.

– Boa noite.

Ele me cumprimentou educadamente, com certeza uma das boas ações previstas no Manual do Escoteiro. Era estranho estar na rua ao lado de um homem de calças curtas e lenço no pescoço, mas pelo menos eu estaria protegida, caso algum malfeitor me ameaçasse. Respondi, gentil:

– Boa noite.

– Sorte sua eu estar aqui. Já pensou uma moça atraente sozinha nesta parada escura?

Ele disse *moça atraente*, e com certeza estava praticando outra boa ação. Ninguém nunca havia me chamado assim.

– Mas você acha esse lugar perigoso?

– Nossa. As estatísticas apontam a média de um assassinato por dia neste morro.

O medo que senti me fez estremecer por vários segundos consecutivos. Assustada ou excitada, eu reagia assim, tremendo como se tivesse Parkinson.

– Ficou apavorada? Nada disso. Comigo aqui, ninguém toca um dedo em você.

Enquanto durou a espera pelo ônibus ele me falou da filosofia do escotismo e dos princípios de Baden Powell, que até então era nome de violonista, para mim. Sentamos juntos, e deixei minha casa passar para continuar ouvindo os princípios do escotismo por mais algumas quadras.

– Posso acompanhar você até sua residência?

– Puxa, eu estava tão distraída ouvindo suas histórias que perdi minha parada. Agora preciso ir até o centro.

– Sua casa fica longe daqui? O táxi custaria mais de cinco reais?

Se custasse, eu completaria o valor. Foi o táxi arrancar e já estávamos nos beijando e abraçando, felizes como só nos primeiros beijos e abraços é possível ser.

– Você não tem uma torneira pingando, uma boca de gás com vazamento, algo para consertar? Sei arrumar tudo em uma casa, sabia?

Fiquei com a impressão de que, se eu não estivesse um tanto acima do peso, ele me carregaria pela escada. Depois de tirar minha roupa toda, o que me provocou alguns segundos de arrepios constantes, ele começou a despir seu uniforme.

– Por favor, não. Você fica tão bonito assim. Dá para só abaixar o calção?

Tudo aconteceu com o escoteiro de uniforme completo, incluindo o lenço. Ele era escoteiro da terra, acho que a cor cáqui da sua roupa significava isso. Se meu irmão Everton ainda guardasse o velho Manual do Escoteiro Mirim, com os sobrinhos do Pato Donald ensinando sobrevivência e bondade para as crianças, eu esclareceria essa e outras dúvidas que a breve convivência com o escotismo já havia me trazido.

Por que não se pode fazer fogo com madeira verde?

Qual o ângulo correto para um relógio de sol marcar o horário de Brasília?

Como posso saber se a cobra que me picou na selva é venenosa?

Qual a tática para abordar um velhinho em apuros sem ser confundido com um assaltante?

Consumatum est, o escoteiro levantou da cama alegando calor. Suando muito, principalmente no pescoço envolvido pelo lenço cáqui, ele fez uma vistoria no apartamento em busca de eletrodomésticos para consertar, quadros para pendurar ou utilidades para instalar. Foi feliz em todas as etapas da sua busca. Eram quase seis da manhã quando ele me despertou com a mesa posta para o café e um pedido.

– Não use nada no desjejum, por favor.

Sempre nua, acompanhei-o até a porta.

– Encontro você na parada do ônibus?

– Dificilmente. Eu estava ali por acaso, depois de acompanhar uma senhora de idade.

– Como eu vejo você de novo?

– Vou ficar com o seu telefone. Um último beijo.

Tremi descontroladamente enquanto o beijava. Se eu não fosse uma garota direita, imploraria a ele por mais uma boa ação, antes que o mundo nos separasse.

– Eu sei que você é muito jovem, mas já pensou em consultar um médico sobre Parkinson?

– Não se preocupe. Eu sou assim mesmo.

Ele levantou os dedos no que me pareceu ser uma saudação para iniciados e sumiu pelas escadas. Mais tarde, na rádio, dividi com Aldomara o segredo da noite anterior.

– Cara ouvinte, você arrumou o homem perfeito e o deixou ir embora sem pegar o endereço? Mas ela está brincando com o próprio destino, Brasil!

– Perfeito ele não era. Estava de calção.

– Mas bem que, na hora, a ouvinte gostou. Não deixou sequer o rapaz ficar à vontade, ouvintes! Vamos fazer uma ação conjunta e localizar esse cidadão pelo telefone! Se alguém conhecer o escoteiro, ligue para a rádio e informe o paradeiro! Atenção para o nome dele na voz da nossa ouvinte...

– Eu não sei o nome dele, Aldomara. Esqueci de perguntar.

Kátia Summer realmente passou a me delegar tarefas na produção da rádio. Em pouco tempo eu fazia os contatos com os entrevistados, selecionava as notícias que iam ao ar, acompanhava as equipes nas externas, tudo nos intervalos das minhas funções no departamento pessoal. Eu trabalhava muito e me esforçava para ser competente em tudo. Kátia percebia e cada vez eu ganhava mais responsabilidades, além de cuidar da folha de pagamento. Até que um dia, quase nove da noite, ela me chamou.

– Ju, pensei em uma nova função para você. Acho que esse seu jeito compreensivo, prestativo, seria perfeito para responder às dúvidas e reclamações dos leitores no ar. Pegue aquela pilha de cartas, estude as respostas e vamos gravar um piloto amanhã. Se der certo, você ganha um horário fixo.

Eu, locutora de rádio. Ou titular do Serviço de Atendimento ao Ouvinte Baticum FM, esse era o melhor nome para o programa. Isso se meus recém-adquiridos delírios de grandeza não sugerissem Serviço de Atendimento da Ju, SAJ, o mais novo sucesso no seu dial. Minha mãe não acreditaria.

Passei a tratar minha voz como um bem a ser garantido. Fazia parte dos meus cuidados banir toda e qualquer bebida gelada do cardápio, o que incluía o Nescau batido com leite, o iogurte líquido e os sucos que eu ingeria várias vezes ao dia. Já a Coca-Cola continuei bebendo em todas as refeições, só que quente, o que muitas vezes me provocava a sensação do vulcão Etna explodindo no meu estômago. Sorvetes também entraram no índex dos proibidos e tiveram sua falta compensada por balas e chocolates. Completavam o tratamento gargarejos de água e sal, exercícios para as cordas vocais e mel, muito mel. Se poucas colheradas já faziam efeito, imagine vidros inteiros.

O programa foi ao ar e logo virou campeão de audiência na rádio. Os ouvintes eram atraídos por minha voz agora límpida, ainda que um tanto estridente, e pelas respostas que eu preparava para as cartas endereçadas à Baticum FM.

"A ouvinte Inês Alencastro escreve para saber por que a Baticum FM, possuindo essa razão social, quase não toca a música do nosso país. Bem, Inês, a diretora da nossa rádio segue a linha do rock. Mas já estamos providenciando um espaço de ziriguidum para ouvintes como você, que têm o samba no sangue. Não perca, a partir de maio, o Baticum Brasil, nas madrugadas da nossa rádio. Quero ver você dormir agora, Inês. Um grande abraço."

"O ouvinte Michel, que não informa o sobrenome, diz que a Baticum FM perdeu a personalidade e hoje se confunde com a paisagem do FM. Confunda mas não ofenda, Michel. A Baticum é a rádio mais original do Brasil. Ouça as concorrentes com atenção e depois, se você não ficar surdo, volte para conversar. Abraços da nossa equipe."

"A ouvinte Mirna pergunta se o locutor Eduardo S. é tão lindo quanto sua bela voz. Bem, Mirna, quem respondeu para você foi a mulher do Eduardo. E ela disse tantos palavrões que eu não posso repetir no ar. Tudo de bom para você."

Eu estava tão feliz com minhas novas atividades e vinha sendo tão respeitada por causa delas que, durante algum tempo, pensei que o mundo havia se esquecido da minha feiura.

Mera ilusão.

Um dia surpreendi um dos operadores de mesa e o locutor do noticiário do meio-dia falando da sorte da Baticum por ser uma emissora de FM.

– Se fosse TV, a Ju entrava no ar e a censura cortava a imagem. Perigava até cassar a concessão, ha, ha.

Fui para casa abalada. E me afundei ainda mais no trabalho.

Mesmo quando já não tinha tarefas a cumprir eu saía tarde da rádio, na esperança de encontrar o escoteiro na parada de ônibus. Quantas caronas recusei e quantos táxis reneguei, apenas para esperá-lo no local onde o vi pela primeira e última vez.

Aldomara, que acabou se afastando de mim, reflexo por eu ter chegado aos microfones da Baticum enquanto ela seguia telefonista, espalhou o caso do escoteiro pelos corredores da emissora.

– Atenção, ouvintes: ela não perguntou sequer o nome do sujeito. Foi como ter o bilhete premiado na mão e jogar no lixo. É por causa de gente assim que essa terra não progride, caros ouvintes do Mampituba ao Chuí.

Estranho que, como mulher feia que era, Aldomara ainda não tivesse entendido que a vida amorosa da nossa espécie, e por vezes de todas as mulheres, é feita de episódios curtos. E não de grandes sequências.

10. Rocha

Ele era bonito, acho que um metro e noventa, loiro, educado e se chamava Rocha. Tinha tudo para nunca perceber minha existência, mas era atencioso e gentil demais até mesmo para um porteiro, função que desempenhava na Baticum FM.

No início pensei que me tratasse com tal respeito por eu ser, afinal, uma comunicadora em ascensão, dona de uma das maiores audiências da rádio com o meu programa de atendimento ao ouvinte. Sobre isso, aliás, havia novidades.

Embora eu tratasse meu trabalho com toda a seriedade, o Serviço de Atendimento ao Ouvinte Baticum FM passou a ser considerado a produção mais engraçada jamais veiculada por qualquer rádio do Sul. Eu ia para casa, selecionava as cartas, ficava escrevendo respostas até a madrugada chegar e, em lugar de seguir meus conselhos, a audiência ria de mim. Mais que isso, gargalhava.

Quem me alertou para o fato foi Kátia Summer. Com a voz que deixava bonitos até os pedidos de cheeseburger com queijo duplo que fazia ao telefone, Kátia perguntou se eu conhecia a real percepção dos ouvintes sobre o meu programa.

– Espero que as pessoas saibam que eu respondo às cartas com toda a minha alma e todo o meu coração.

– Imaginei que você cometesse esse equívoco. Sente aí, Ju. Precisamos conversar.

Kátia então contou que tinha sido procurada por um dos jornais da cidade em busca de informações sobre o programa, julgado por muitos uma versão piorada dos humorísticos do Tiririca ou do João Kléber ou algo assim. Até falar com Kátia, o jornal achava que a produção era propositadamente ruim, ou *trash*, como a repórter classificou, chamando de lixo todo o meu esforço.

– Mas Kátia, se os ouvintes pensam que nós estamos fazendo piada, o Serviço de Atendimento ao Ouvinte Baticum perde toda a razão de existir. Só nos resta terminar com o programa.

– Eu tenho a impressão de que para você, Ju, sempre é preciso contar a história do mundo desde o início, começando pela parte em que éramos amebas mergulhadas no grande caldo cósmico.

– ...

– Ju, o programa não vai acabar.

– ...

– Você vai seguir no ar respondendo às cartas. Foi isso que deu certo, de um lado a sua sinceridade hilariante e, do outro, os ouvintes, desacostumados com a verdade, acreditando que você está ali para fazer um humor da pior espécie. Ju, acredite em mim: você é um sucesso.

Não virei capa do Segundo Caderno, não parei nos noticiários da televisão, não fui reconhecida nas ruas. A repórter do jornal conversou comigo na rádio, mas foi embora sem tirar a máquina fotográfica do estojo.

– Melhor assim. Vamos deixar o ouvinte imaginar o seu rosto. É muito mais instigante.

Não fiquei mais feliz com tanta atenção, pelo contrário. O que o mundo estava fazendo era debochar dos meus propósitos e se divertir com a minha exposição.

Azar.

Eu não deixaria que a humanidade acabasse com a melhor fase da minha vida. E foi assim que continuei respondendo às cartas, que agora não eram apenas de ouvintes querendo saber o estado civil dos locutores, ou reclamando da programação da emissora, ou elogiando, muito esporadicamente, uma ou outra música pelas lembranças perdidas que ela havia trazido. Agora, os ouvintes, e em particular as ouvintes, me escreviam também para pedir conselhos sentimentais.

"Ju, eu e minha melhor amiga estamos grávidas do mesmo homem, que se nega a assumir qualquer um dos filhos. Você acha que devemos constituir o mesmo advogado, para facilitar os trâmites? Luíza, de Caxias, em nome também de Bianca, da mesma cidade."

"Em primeiro lugar, Luíza, não posso deixar de observar que existe uma certa dose de pouca-vergonha no seu caso. Só falta você me dizer que as duas engravidaram na mesma sessão. Bem, após consultar informalmente as doutoras Sarita e Milene, advogadas da Baticum FM, aconselho vocês a constituírem advogados diferentes. A justiça é conservadora e quanto menos o tribunal se parecer com uma grande orgia, melhor. Pelo menos quando estamos olhando. Bom parto para você e sua amiga."

"Cara Ju, depois de muitos anos frequentando cultos evangélicos com a exclusiva intenção de manter relações íntimas com as fiéis, que se caracterizam por preservar a virgindade clássica e não fazer restrições a outras práticas, creio ter ouvido o chamado do Senhor. Você acha que ainda há salvação para a minha alma? Rudi, de Veranópolis."

"Rudi, creio que sua alma irá se salvar. Mas, após o seu relato, temo pelo que possa acontecer ao seu corpo. Boa sorte para você."

"Após sete anos de casamento, meu marido não me procura mais. Você conhece algum método realmente eficaz para me ajudar a reconquistá-lo? Desde já, obrigada. Carmen, de Porto Alegre."

"Querida Carmen, casamento é uma loteria. Não sei como você era e no que se transformou: não sei se seu marido ainda é o mesmo de sete anos ou se hoje é outro homem, provavelmente pior. Mas, se você me permite, também não acho que isso tenha grande importância. Meus pais são casados há mais de trinta anos e, desde que posso lembrar, eles são péssimos um com o outro. Acho que o seu caso não tem solução. Se seu marido voltar a procurar você, será por uma situação circunstancial, uma bebedeira ou um momento de grande solidão. É melhor você não fazer nada. Qualquer conselho meu pode precipitar as coisas. Grata pela sua carta."

O volume da correspondência que eu recebia aumentou tanto que agora Aldomara me auxiliava, selecionando comigo as cartas mais interessantes. Em breve ela também teria sua chance na Baticum FM, entrevistando pessoas comuns na rua em busca de soluções para a política, a economia e a cultura. Meu sucesso estimulou Kátia Summer a pensar em novas atrações interativas, que era como ela se referia ao tipo de comunicação que eu fazia. Já o público e os jornalistas chamavam de *trash.*

Em uma noite em que saí cansada da rádio, depois de passar quase dezoito horas trabalhando tanto no programa quanto no departamento de pessoal, encontrei o porteiro de um metro e noventa sem sua roupa de porteiro, parado na entrada do prédio.

– Seu Rocha, quase não reconheci o senhor.

– Pois estava *le* esperando, dona Ju. Pensei em acompanhar a senhora até a parada.

Rocha falava à moda gaúcha, engolindo o "h" da partícula "lhe" e dando a ela um certo ar espanhol.

– Ora, quanta gentileza. Vamos, então?

Era o segundo homem que demonstrava interesse por mim naquela parada de ônibus, e talvez fosse o segundo em toda a minha vida, desde que o escoteiro não o houvesse feito por razões humanitárias. Senti uma ponta de amargura ao pensar nisso.

– Sabe, dona Ju, eu sou um homem muito direto. Por isso decidi le dizer hoje o que venho sentindo há tempos. Estou interessado na senhora, essa é a verdade. Sou solteiro, tenho dois *filos* de um casamento anterior e faço um curso pré-vestibular para *melorar* de vida. Minhas intenções são sérias e quero aqui pedir a chance de demonstrar isto para a senhora.

A declaração de intenções de seu Rocha me pegou de surpresa. O homem era tão determinado quanto um profissional da portaria deveria ser, e também articulado como jamais imaginei que algum deles fosse. Preconceito, essa eterna fonte de enganos. Quanto ao "lh", ele não os engolia apenas na partícula "lhe", mas em qualquer palavra que possuísse a sílaba.

– Bem, seu Rocha, não posso negar que sempre o achei muito agradável e, se me desculpa o atrevimento, bonito. Mas nunca considerei nenhum tipo de relação com o senhor que não fosse eu entrar e sair e o senhor me abrir e fechar a porta.

– Pois saiba que sempre *le* tive em grande estima, dona Ju.

Não me ocorreu outra resposta senão uma pergunta: por que não?

Seu Rocha, quer dizer, Rocha desceu do ônibus na minha casa e lá passou a noite. Respeitador, após uma madrugada inteira de conversas na sala, eu em uma poltrona, ele na outra, pediu licença e deitou no sofá, de roupa, tendo o cuidado de deixar os sapatos arejando na área de serviço.

Na manhã seguinte, chegamos de mãos dadas à Baticum FM. Rocha não apenas me acompanhava, ele me ostentava, para minha própria surpresa e das demais pessoas do mundo. Eu já havia visto isso algumas vezes, homens caminhando orgulhosos ao lado de minhas irmãs de feiura. Só nunca achei que pudesse acontecer comigo.

No final do dia, Rocha levou seu uniforme para lavar na minha casa. Preparei o jantar e fomos para o meu quarto. Ele estava nervoso, e nossas intimidades resumiram-se a um rápido sexo oral, eu no papel ativo da coisa. Rocha dormiu imediatamente, não sem antes grunhir algo sobre estar apaixonado por mim.

A situação continuou a mesma nas próximas semanas. Com o fracasso das minhas indiretas para que experimentássemos outras modalidades de sexo, decidi abandonar as sutilezas. Depois de um dos muitos jantares que eu já havia providenciado e patrocinado para ele, e cujas sobras Rocha fazia questão de levar em uma quentinha para almoçar no meio-dia subsequente, fiquei nua e conduzi tudo de maneira a obrigá-lo a agir. Como tentasse fugir, deitei meu corpo sobre o dele, e que maravilha apoiar todo o meu peso contra aquele sólido metro e noventa, sem o risco de esmigalhar seus ossos no colchão.

– Eu não consigo.

Rocha repetiu a confissão em voz baixa por três vezes, e só então eu entendi. Vesti um chambre estampado, presente da minha mãe, e esperei na sala que ele esclarecesse o assunto comigo. Muito tempo depois, ouvi seus roncos fortes vindo do quarto. Como era do seu hábito, o porteiro dormia o sono dos justos, excepcionalmente sem um orgasmo antes, naquela noite.

– Isso é uma vergonha. Meu Brasil-anil-varonil, que atitude resta a essa ouvinte senão abandonar o Rocha? Ou eu deveria dizer… o Broxa?

– Fale baixo, Aldomara. Contei essa história só para você, não para todo o país.

– Ouvintes da Baticum FM, se vocês querem que o Broxa vá para o paredão, liguem meia-meia, meia-morta, meia-mole, meia-dura.

– Sua imitação de animador de auditório é ridícula, Aldomara. Esqueça o que ouviu aqui e não abra essa sua boca para ninguém. Vou tratar do meu problema sozinha.

Mas a verdade é que eu não sabia que solução dar para o caso.

Como se nada houvesse acontecido, Rocha continuou indo para a minha casa todas as noites. Sua presença começou a atrapalhar o meu trabalho no Atendimento ao Ouvinte Baticum FM. Agora eu só podia responder às cartas depois de lavar a roupa dele, preparar o jantar e participar de uma sessão unilateral de sexo oral. E quando finalmente me via diante de uma pilha de cartas para ler, os roncos de Rocha atravessavam todas as paredes e vinham me encontrar onde eu estivesse, perturbando minha concentração e levando embora minha inspiração.

"Cara Ju, preciso dos seus conselhos para resolver um grande problema. Namoro um homem bom, honesto, solteiro, sem vícios, bonito até, mas que, em seis meses de relacionamento, jamais encostou um dedo em mim. Esse homem sofre de impotência para manter relações sexuais, reagindo apenas quando estimulado oralmente. Se perguntado por que, então, nunca utiliza o mesmo procedimento em mim, responde que não gosta e ordena que eu continue o serviço. O tal homem hoje vive praticamente na minha casa e à minha custa, sendo eu a responsável por sua alimentação e pela limpeza de suas roupas. Cara Ju, você, que sempre tem palavras tão sensatas para os seus ouvintes, me ajude a resolver essa situação e lhe serei grata para sempre. Assinado, Ju."

Meu inferno já contava sete meses, recorde absoluto da permanência de um homem ao meu lado. E que permanência. Rocha se comportava cada vez mais como dono da casa e de mim, reclamando do meu tempero e exigindo suas camisas de porteiro ainda mais brancas do que eu lavava. Então, quando eu já achava que um dia comemoraríamos nossas bodas de prata com uma noite especial de sexo oral nele, o final chegou.

Depois de arrumar a cozinha, eu lia as cartas dos meus ouvintes e Rocha assistia a um humorístico qualquer na televisão.

– Ju, venha cá. Quero *le* mostrar uma coisa.

– Já cansei de ver o que você quer mostrar, Rocha. Hoje eu vou trabalhar.

– Ju, é sério. Preciso que você veja.

Durante minha longa vida solitária, muitas vezes desejei um homem chamando meu nome com urgência. Agora que tinha um, tudo o que isso significava era mais trabalho, mais despesas e uma futura inflamação nos maxilares, a se manter o ritmo atual das minhas obrigações de esposa.

Encontrei Rocha em frente ao guarda-roupa, a pilha de camisas de porteiro nas mãos.

– Veja, Ju. Elas já não são alvas como antes. Talvez seja o sabão em pó que você usa. O que podemos fazer?

– Quem sabe colocar todas as camisas em uma sacola para deixá-las na lavanderia, quando você for para a sua casa?

– Não se ofenda, querida. Estou só fazendo uma observação, só isso. Basta *olar* as camisas com atenção e você mesma vai reconhecer.

– Eu quase não acredito que você me tirou do trabalho para ver esses trapos amarelados. Chega, Rocha. O Restaurante e Tinturaria Ju acaba de fechar as portas para você.

– Você está nervosa e resolveu descarregar em mim, mas eu entendo. Volte para as suas cartas, se elas são tão importantes. Amanhã pensamos juntos no problema das minhas camisas.

– Não existe problema, Rocha. A lavanderia certamente vai resolver tudo. Por favor, vá embora da minha casa.

Eu tremia quando me servi de um copo com água e foi difícil controlar meus movimentos enquanto colocava ali várias colheres de açúcar, velha e deliciosa receita caseira que eu me prescrevia sempre que perdia a calma. Para garantir a eficácia do tratamento, adocei ainda mais a água. Comecei a juntar as coisas que Rocha espalhava pela sala, o chinelo de tecido, estilo "chinelo do papai", o cortador de unhas, os óculos de grau comprados na farmácia da esquina, o livro que ele tentava ler há meses, *Quem mexeu no meu queijo*? Pelo menos no meu queijo eu sabia exatamente quem estava mexendo.

Ele apareceu de uniforme, com os cabelos penteados para trás e uma mala minha na mão. Parecia não acreditar que em poucos instantes cruzaria a porta para nunca mais ter comida e sexo oral tão fácil. Não comigo, pelo menos.

– Estou indo. Não tem nada para me dizer, Ju?

Eu podia perguntar por que Rocha transformou nossa vida sexual em uma maldição, eu sem direito a qualquer tipo de divertimento, mas tive pena de ouvir a resposta. Acho que o coitado sofria de disfunção erétil na alma.

– Você vai se arrepender. E sabe disso, não é?

Deixei que ele se fosse em silêncio. Não me custava nada dar a Rocha o benefício da dúvida, embora, na maior parte da minha vida, nem isso houvessem me dado.

Poucos sabiam ser tão generosos quanto uma mulher feia.

CONCLUSÃO

Tendo por base o que vivi, e imaginando o que ainda vou viver, minha intenção primeira era encerrar este estudo com uma conclusão lógica: a mulher feia enfrentará, ao longo de sua trajetória, em maior ou menor grau, inúmeras dificuldades em todos os seus relacionamentos, não apenas os afetivos, mas também os sociais.

Imagem é tudo, dizem os nossos dias.

No entanto, fatos acontecidos ao longo deste trabalho me obrigam, se não a mudar os rumos da conclusão, ao menos a torná-la mais abrangente. Minha nova tese é que não só as mulheres feias se verão, com frequência, diante de desencontros e desencantos, mas que tais situações ocorrerão com as mulheres em geral. E apesar da relevância dos aspectos psicológicos nesse processo, é impossível não observar a importância dos fatores externos na formatação final da espécie.

As fábulas com plebeias que viram princesas no último capítulo, a leitura de livretos como *Julia, Sabrina* e *Bianca*, as novelas de televisão com suas heroínas sofredoras, sempre recompensadas com um grande amor no final, a busca desesperada para realizar ideais românticos antes mesmo da realização profissional ou da maturidade emocional, tudo isso torna a desgraça acessível a todas. Obviamente, um rosto e um corpo fora dos padrões e proporções da nossa época contribuirão para a desgraça.

Essenciais para essa nova visão, que rompeu com o egoísmo das minhas próprias vivências, foram as cartas que recebi das ouvintes da Baticum FM. Feias, bonitas, jovens, experimentadas, inteligentes ou nem tanto, todas elas me fizeram ver que nem sempre o insucesso está ligado à má aparência, como até então eu acreditava. E como a duquesa da Cornuália, Camilla Parker Bowles, desmentiu para o mundo inteiro.

Transcrevo a seguir algumas das cartas das ouvintes da Baticum FM. E termino este livro com uma certeza.

Para feias e bonitas, muitas vezes a solidão é a grande escolha.

"Depois de passar a vida me envolvendo com homens de todos os tipos, todos sempre estranhos (um só fazia sexo dentro de uma piscina de plástico que mantinha ao lado da cama, outro só conseguia ter uma ereção se eu o chamasse de "meu filhinho", sem falar no cara que eu namorei por quatro anos e que jamais pronunciava palavras terminadas em 'ão', 'ia' e 'ado'), conheci um rapaz que deixou toda a família orgulhosa da minha capacidade de conquista. Médico, loiro, educado, forte, fino, Heitor abria a porta do carro para mim e caminhava sempre do lado de fora da calçada, para que eu me sentisse protegida por sua muralha de músculos. Nossas intimidades não me entusiasmavam muito, é verdade, mas eu era feliz com a simples possibilidade de um dia tudo melhorar. Então, quando já pensávamos em casamento, Heitor começou a agir de maneira estranha. Em qualquer lugar onde estivéssemos, olhava para mim e fazia caras ferozes, selvagens até, simulando mordidas e arranhando o ar na minha direção, como se suas mãos fossem as patas de um tigre. No início pensei que tudo terminaria com uma gargalhada, mas, encerradas suas performances, Heitor permanecia sério como um felino ferido. Mais algum tempo e ele passou a ter relações comigo usando uma máscara de leopardo. Na festa dos setenta anos da minha avó, depois de Heitor passar a noite assustando a aniversariante com suas ameaças de ataque a mim, decidi não vê-lo nunca mais. Soube que ele passou meses deprimido com o rompimento, fechado em casa como se estivesse em uma caverna. Não voltei atrás. Ainda que demore a encontrar um homem de quem eu goste, ou mesmo que nunca encontre, não acredito que pudesse ser feliz com o *cover* do Tigrão do Ursinho Pooh. Minha mãe, inconformada até hoje, não concorda."

(E. N., 23 anos)

"Deixei de ser menina, virei adolescente e entrei na idade adulta sem que a menor sombra de um peito, ou preferencialmente de dois, passasse por mim. Se eu tinha glândulas mamárias, meu corpo esqueceu. Poderia ir à praia apenas de calção sem despertar a ira dos conservadores, mas nunca o fiz. Se Deus me desse um busto como o que Pamela Anderson ganhou dos cirurgiões, aí sim eu teria vontade de exibi-lo. Aos quatorze anos, quando todas as minhas amigas já usavam sutiã, ganhei um de presente, mais pela compaixão da minha mãe que pela necessidade. Continuei crescendo (menos na parte do busto) e, como sempre acontece com as desvalidas, um dia me apaixonei pelo garoto mais bonito da aula. Quando soube do meu interesse, ele espalhou pelo colégio o seu repúdio e ainda cunhou o apelido que desde então levo pela vida: Tati Tábua. Foi assim que vi a invenção do sutiã que aumenta os seios como a salvação da minha sexualidade. Tratei logo de comprar vários, de cores e modelos diferentes e, coincidência ou não, as coisas mudaram para mim. Antes sem pretendentes, tornei-me bastante popular entre os rapazes, com minhas novas blusas justas marcando os contornos avantajados que eu, de fato, não tinha. O único inconveniente era jamais poder tirar o sutiã, em hipótese alguma, e conservá-lo mesmo quando todas as outras roupas eram arrancadas. Pois namorava Ronaldo já há alguns meses quando combinamos uma viagem. Fiz minha mala na última hora e, com a pressa, esqueci de colocar meus sutiãs com enchimento. Pior: na praia para onde fomos, não existia sequer uma loja onde eu pudesse comprá-los. Eu tinha duas alternativas, assumir para Ronaldo que nasci sem seios ou terminar tudo antes que ele descobrisse. Preferi a segunda hipótese. Nunca mais saí da cidade. Nunca mais saí com ninguém. Nunca mais vou namorar, pelo menos enquanto não tiver dinheiro para próteses de silicone."

(T. T., 35 anos)

"Sempre dei azar com os homens. Não o azar clássico de não conseguir alguém ou de ser desprezada por eles, e sim a pouca sorte de me acontecerem coisas bizarras quando estou em companhia masculina. Na minha primeira vez, por exemplo, com um garoto que mal conhecia, senti uma súbita dor de barriga no motel, e o motel não tinha divisão entre o quarto e o banheiro. Algum tempo depois, tomava banho de piscina nua com um rapaz quando um vizinho invadiu o pátio em busca de uma xícara de açúcar. Fazia sexo oral em um namorado que morava com a família e, a caminho do banheiro para cuspir os excessos, fui cumprimentada pelo pai do rapaz, sendo obrigada a beijar o velho nas duas faces. Levei um desconhecido para o meu apartamento, depois de uma festa, e ele se foi enquanto eu dormia, levando minha chave, vinte reais e a minha calcinha preferida. Dormi na casa de um homem casado cuja mulher estava de férias na praia e, inexplicavelmente, perdi minha blusa lá. Na manhã seguinte, tive que ir para o trabalho usando uma camisa da mulher do cara, cinco números maior que o meu. Final do mês e eu, sem dinheiro, fui para uma festa levando apenas algumas moedas para voltar de ônibus. Depois de dançar pouco e beijar muito um sergipano que lá estava, aceitei ir para a pensão onde ele estava hospedado. De madrugada, quando quis ir para casa, vi que uma das moedas havia caído do meu bolso e estava grudada na bunda do sujeito. Sem coragem de pedir a moeda, caminhei quatro bairros para conseguir chegar em casa. Não sei o que acontece comigo. Não sou feliz com os homens."

(J. D., 24 anos)

"Chamada costumeiramente de Tribufu e Tinhoso, para citar dois dos meus apelidos menos ofensivos, cheguei aos quarenta anos sem qualquer contato íntimo ou mesmo de amizade com os homens que conheci. De um deles, em uma festa de amigo secreto no banco, cheguei a ganhar uma imagem de São Jorge, o protetor dos dragões. Se disser que passei a vida sofrendo com tal situação, estaria mentindo. Lá pelas tantas me acostumei com a solidão e passei a cultivar outros prazeres, literatura, jazz, cinema de arte, pintura clássica, o que fez de mim uma pessoa bastante interessante. Uma pena que a única plateia para a exposição dos meus conhecimentos fosse a formada por meu pai e minha mãe. Em um dos poucos aniversários a que fui convidada na vida, o de cinquenta anos de uma prima tão solitária quanto eu, conheci Jane e Beth. Simpáticas e comunicativas, as duas me trataram com atenção e delicadeza. Entendi que eram um casal em um jantar na casa delas. Nessa mesma noite fui apresentada para Simone e bem, estou com ela até hoje.

O São Jorge que ganhei agora está na sala da nossa casa. Por pura coincidência, ele era o santo de devoção de Simone."

(C. T., 41 anos)

"Domingo. Depois de amargar por três anos a solidão típica das feias, encontro em uma festa um rapaz de aparência mais ou menos aceitável, disposto a me fazer companhia. Fico com ele. Depois de algum tempo no vai não vai, combinamos nossa primeira ida ao motel em telefonemas cheios de segredo. Eu morava então com meu pai, homem antiquado e rigoroso, que não admitia a hipótese de a filha não ser mais virgem. Mal sabia ele a dificuldade que havia sido encontrar um parceiro para deixar de ser.

Dia marcado, primeira vez com ele. E primeira depois de muito tempo para mim. A última havia sido com um motoboy que me entregou uma carta do SPC. No motel, pedimos uma suíte com hidro. Os sais de banho e a espuma ajudam a criar o ambiente romântico.

Depois das preliminares, levanto para buscar a camisinha. Ele fica me esperando em meio à espuma. E espera, espera. E espera. Cansado da demora e sem entender meu desaparecimento, vai me procurar. Ao chegar na porta do banheiro, para: estou estendida no chão, com um grande corte na cabeça. Desmaiada e ensanguentada. Um espelho quebrado na parede dá a pista do que aconteceu. Por uma dessas fatalidades da vida, entrei com a testa na decoração do quarto. Como não acordo de maneira alguma, nem com tapinhas no rosto, nem com o choro dele, nem com a funcionária da portaria me aplicando uma respiração boca a boca, a solução é chamar uma ambulância.

Cena 1. A ambulância entra no motel.

Cena 2. Paramédicos sobem as escadas e entram no quarto.

Cena 3. Eu nua, desmaiada ao lado da cama redonda.

Cena 4. Acordo no hospital, sem saber ao certo o que aconteceu. Ao meu lado, me encarando com a maior tristeza que já vi no olhar de alguém, meu pai. O rapaz, esse eu nunca mais vi."

(P. C., 28 anos)

"Passava por uma fase solitária quando o conheci pela internet. Professor universitário, bom texto, agradável, excelente cultura geral. Depois de quase dois meses de conversas diárias por e-mail, marcamos um encontro no bar da faculdade de direito. Ele prometeu usar um cravo na lapela, e achei romântico. Na hora marcada, estava lá, uma flor vermelha no casaco. Um olho esbranquiçado denunciava sua cegueira parcial, e ele tinha uma perna só. Fui embora antes que me visse com o olho sadio e nunca mais respondi seus e-mails. Continuo sozinha até hoje."

(A. P. L., 31 anos)

"Estava saindo com um cara legal, o genro que a minha mãe já havia perdido a esperança de ter. Era bonito, inteligente, gentil, boa companhia mesmo. Ia com ele a bares e festas e, pela primeira vez na vida, estava me fazendo de difícil. Beijava e mais nada.

Um dia ele me contou ter encerrado um noivado de dois anos depois que a noiva passou a evitar relações com ele. Para consolá-lo, disse coisas como 'essa menina era doente' e 'acho que ela enganava você com outro'. Enfim, tentei minimizar o estrago causado pela mulher, até que chegou a minha vez.

Em uma noite, aceitei ir a um motel e, para a minha surpresa, o aparelho sexual do rapaz não possuía mais de quatro centímetros.

Entendi a noiva. Nunca mais aceitei sair com ele, nem para tomar café. Existem problemas na vida que nem a mulher mais sozinha do mundo precisa procurar."

(P. M., 34 anos)

“Morava no interior e casei aos vinte anos, sem ceder às investidas do meu futuro marido. Na nossa noite de núpcias, antes mesmo de eu tirar o vestido, ele me pediu para ficar de pé, de frente para a parede, levantou minha roupa e penetrou-me na parte posterior, sem sequer me avisar sobre o que iria acontecer. Gritei como nunca na vida e então desmaiei. Acordei no hospital, com a mãe dele segurando minha mão e querendo saber se eu estava bem. Me recusei a voltar para casa e a separação correu à revelia do meu ex-marido. Por enquanto, não penso em relacionamentos com mais ninguém.”

(S. A., 25 anos)

“Me apaixonei por um homem gentil e extremamente educado. Alternava o inglês e o francês com seu português perfeito e passava jantares inteiros declamando Camões para mim. Era bonito, embora às vezes me desse saudade de falar também sobre novela ou futebol. Saíamos há um mês quando ele me convidou para uma viagem ao campo. Passamos o dia observando flores e conversando sobre a beleza dos recursos naturais. Quando deitamos para dormir, ele não tirou os óculos, nem as meias, e continuou me tratando com a delicadeza habitual. No final, que chegou rápido, perguntou se não havia me machucado. Na volta para a cidade, encerrei nossas relações com uma carta educada e o nome dele escrito caprichosamente no envelope. Quando penso nele, acho muito mais interessante a minha atual solidão.”

(S. L., 28 anos)

"Sempre aproveitei as oportunidades com vontade, principalmente porque elas não costumam se apresentar com facilidade para mim. Fiel a essa filosofia, após meia hora de conversa já estava abraçada a um homem de rabo de cavalo que encontrei na formatura de uma amiga. De repente ele começou a falar de carros. Entre um beijo e outro, murmurava coisas sobre arranque, potência, motor, surdinas, e acho que só não falou da rebimboca da parafuseta para não quebrar o clima. Ele tirou a camisa e me mostrou suas tatuagens. Eram bielas e pistões pelos braços e um motor de seis cilindros na perna. Depois de uma performance fraca, o homem dormiu em cima de mim e seu braço começou a causar minha morte por asfixia. Tentando me livrar do corpo, enrosquei o anel que usava no cabelo dele.

– O que você fez?

O homem levantou de um pulo, levando meu anel nos cabelos e quase arrancando meu dedo indicador.

– Meu implante. Você estragou meu implante.

Eu não sabia, mas ele usava *interlace*, método dos carecas da época para parecerem Sansões.

A história chega ao fim com o homem sendo obrigado a cortar seus cabelos falsos, que terminaram por entupir a pia do meu banheiro. Depois disso, ele bateu a porta e sumiu, e meu anel desapareceu também. Isso aconteceu há três anos. Desde então, espero todos os dias por outra oportunidade."

(R. B., 31 anos)

"Nunca tive um namorado oficial, o que me faz olhar com atenção para todos os caras que passam perto de mim. Foi assim que conheci G. Ele não era exatamente lindo ou inteligente, mas tinha seu charme. Falava bem e me fazia rir, o suficiente para que eu me interessasse por ele. Saímos várias vezes, até que chegou o dia de eu visitar seu apartamento. Quando ele tirou a camisa, entrei em pânico. G. era extremamente peludo. Perto dele, o peito do Tony Ramos parecia sofrer de calvície. Nos imaginei passeando na praia, ele uma versão pocket do Chewbacca de *Guerra nas estrelas*, e não consegui ir adiante. A partir dali, fugi até o peludo desistir de mim. Depois soube que G. espalhou pela cidade que eu era frígida. Estou sem namorado até hoje, mas não sei se a fofoca que ele fez tem alguma influência nisso."

(A. R., 26 anos)

"Desde criança eu era considerada a chata, a complicada, a mal-humorada, a azeda e, como muitas vezes ouvi nos apartes disfarçados de meus parentes, a feiosa da família, características que se acentuaram com a idade. Tanto a minha quanto a deles. Em uma noite de domingo, já com quarenta e poucos anos e morando na companhia do meu angorá, Sinval, decidi buscar um vídeo na locadora distante pouco mais de três quadras da minha casa. Na volta, achei que um homem caminhava muito próximo de mim. Atravessei, e ele atravessou também. Por precaução, decidi andar pelo meio da rua, e o homem me seguiu. Comecei a correr e logo escutei passos rápidos no meu encalço. Corri mais ainda. Felizmente, alguns rapazes saindo de um prédio desencorajaram meu perseguidor, e consegui chegar a salvo.

No outro dia, almoçando na casa de minha mãe, contei do perigo pelo qual havia passado.

– A cidade está muito violenta. Eu podia ter sido assaltada. Ou sequestrada. Ou até mesmo estuprada.

Minha avó, que então tinha mais de oitenta anos, interrompeu sua sopa para um comentário rápido:

– Otimista, hein?"

(L. R., 43 anos)

"Era meu vizinho e um dia o encontrei chegando de muletas. Havia quebrado a perna e passaria quatro meses engessado até a coxa. Foi a primeira vez que falou comigo, e se mostrou interessado em continuar a conversa mais tarde. No outro dia, fui visitá-lo e terminei por ajudar no seu banho. Na quinta-feira seguinte dormi com ele, o que exigiu de mim certa perícia para não esfacelar-lhe ainda mais a perna. Enquanto durou o gesso, fui sua enfermeira, doméstica e namorada, não obrigatoriamente nessa ordem. Tão logo se viu curado, e já que podia até correr, passou a fugir de mim. Hoje mal nos cumprimentamos. Uma amiga sugeriu que eu entre com uma ação trabalhista contra ele. Já que não posso recuperar meu tempo, que ele seja remunerado, ao menos."

(T. B., 32 anos)

"Saí de casa disposta a dar fim na minha solidão de oito meses e não tive dúvidas de que isso aconteceria quando ele me abordou em uma boate escura e abafada. Era um negro alto e simpático e, depois de alguns beijos, resolvi convidá-lo para ir ao meu apartamento. Na saída, fui pegar sua mão, e ele não tinha um braço. Que não fez falta nem naquela e nem nas noites que se seguiram, me levando a concluir que Deus havia compensado a falta do braço dele com outros atributos. Um dia terminamos, sem dramas e sem saudades. Não era mesmo em casamento ou amor eterno que eu pensava quando não encontrei a mão dele."

(A. L., 30 anos)

Série Agatha Christie na Coleção L&PM POCKET

O homem do terno marrom
O segredo de Chimneys
O mistério dos sete relógios
O misterioso sr. Quin
O mistério Sittaford
O cão da morte
Por que não pediram a Evans?
O detetive Parker Pyne
É fácil matar
Hora Zero
E no final a morte
Um brinde de cianureto
Testemunha de acusação e outras histórias
A Casa Torta
Aventura em Bagdá
Um destino ignorado
A teia da aranha (com Charles Osborne)
Punição para a inocência
O Cavalo Amarelo
Noite sem fim
Passageiro para Frankfurt
A mina de ouro e outras histórias

Mistérios de Hercule Poirot

Os Quatro Grandes
O mistério do Trem Azul
A Casa do Penhasco
Treze à mesa
Assassinato no Expresso Oriente
Tragédia em três atos
Morte nas nuvens
Os crimes ABC
Morte na Mesopotâmia
Cartas na mesa
Assassinato no beco
Poirot perde uma cliente
Morte no Nilo
Encontro com a morte
O Natal de Poirot
Cipreste triste
Uma dose mortal
Morte na praia
A Mansão Hollow
Os trabalhos de Hércules
Seguindo a correnteza
A morte da sra. McGinty
Depois do funeral
Morte na rua Hickory
A extravagância do morto
Um gato entre os pombos
A aventura do pudim de Natal
A terceira moça
A noite das bruxas
Os elefantes não esquecem
Os primeiros casos de Poirot
Cai o pano
Poirot e o mistério da arca espanhola e outras histórias
Poirot sempre espera e outras histórias

Mistérios de Miss Marple

Assassinato na casa do pastor
Os treze problemas
Um corpo na biblioteca
A mão misteriosa
Convite para um homicídio
Um passe de mágica
Um punhado de centeio
Testemunha ocular do crime
A maldição do espelho
Mistério no Caribe
O caso do Hotel Bertram
Nêmesis
Um crime adormecido
Os últimos casos de Miss Marple

Mistérios de Tommy & Tuppence

Sócios no crime
M ou N?
Um pressentimento funesto
Portal do destino

Romances de Mary Westmacott

Entre dois amores
Retrato inacabado
Ausência na primavera
O conflito
Filha é filha
O fardo

Teatro

Akhenaton
Testemunha da acusação e outras peças
E não sobrou nenhum e outras peças

Memórias

Autobiografia

Coleção L&PM POCKET (Lançamentos mais recentes)

1137.**Por que você não se casou... ainda** – Tracy McMillan
1138.**Textos autobiográficos** – Bukowski
1139.**A importância de ser prudente** – Oscar Wilde
1140.**Sobre a vontade na natureza** – Arthur Schopenhauer
1141.**Dilbert (8)** – Scott Adams
1142.**Entre dois amores** – Agatha Christie
1143.**Cipreste triste** – Agatha Christie
1144.**Alguém viu uma assombração?** – Mauricio de Sousa
1145.**Mandela** – Elleke Boehmer
1146.**Retrato do artista quando jovem** – James Joyce
1147.**Zadig ou o destino** – Voltaire
1148.**O contrato social (Mangá)** – J.-J. Rousseau
1149.**Garfield fenomenal** – Jim Davis
1150.**A queda da América** – Allen Ginsberg
1151.**Música na noite & outros ensaios** – Aldous Huxley
1152.**Poesias inéditas & Poemas dramáticos** – Fernando Pessoa
1153.**Peanuts: Felicidade é...** – Charles M. Schulz
1154.**Mate-me por favor** – Legs McNeil e Gillian McCain
1155.**Assassinato no Expresso Oriente** – Agatha Christie
1156.**Um punhado de centeio** – Agatha Christie
1157.**A interpretação dos sonhos (Mangá)** – Freud
1158.**Peanuts: Você não entende o sentido da vida** – Charles M. Schulz
1159.**A dinastia Rothschild** – Herbert R. Lottman
1160.**A Mansão Hollow** – Agatha Christie
1161.**Nas montanhas da loucura** – H.P. Lovecraft
1162(28).**Napoleão Bonaparte** – Pascale Fautrier
1163.**Um corpo na biblioteca** – Agatha Christie
1164.**Inovação** – Mark Dodgson e David Gann
1165.**O que toda mulher deve saber sobre os homens: a afetividade masculina** – Walter Riso
1166.**O amor está no ar** – Mauricio de Sousa
1167.**Testemunha de acusação & outras histórias** – Agatha Christie
1168.**Etiqueta de bolso** – Celia Ribeiro
1169.**Poesia reunida (volume 3)** – Affonso Romano de Sant'Anna
1170.**Emma** – Jane Austen
1171.**Que seja em segredo** – Ana Miranda
1172.**Garfield sem apetite** – Jim Davis
1173.**Garfield: Foi mal...** – Jim Davis
1174.**Os irmãos Karamázov (Mangá)** – Dostoiévski
1175.**O Pequeno Príncipe** – Antoine de Saint-Exupéry
1176.**Peanuts: Ninguém mais tem o espírito aventureiro** – Charles M. Schulz
1177.**Assim falou Zaratustra** – Nietzsche
1178.**Morte no Nilo** – Agatha Christie
1179.**Ê, soneca boa** – Mauricio de Sousa
1180.**Garfield a todo o vapor** – Jim Davis
1181.**Em busca do tempo perdido (Mangá)** – Proust
1182.**Cai o pano: o último caso de Poirot** – Agatha Christie
1183.**Livro para colorir e relaxar** – Livro 1
1184.**Para colorir sem parar**
1185.**Os elefantes não esquecem** – Agatha Christie
1186.**Teoria da relatividade** – Albert Einstein
1187.**Compêndio da psicanálise** – Freud
1188.**Visões de Gerard** – Jack Kerouac
1189.**Fim de verão** – Mohiro Kitoh
1190.**Procurando diversão** – Mauricio de Sousa
1191.**E não sobrou nenhum e outras peças** – Agatha Christie
1192.**Ansiedade** – Daniel Freeman & Jason Freeman
1193.**Garfield: pausa para o almoço** – Jim Davis
1194.**Contos do dia e da noite** – Guy de Maupassant
1195.**O melhor de Hagar 7** – Dik Browne
1196(29).**Lou Andreas-Salomé** – Dorian Astor
1197(30).**Pasolini** – René de Ceccatty
1198.**O caso do Hotel Bertram** – Agatha Christie
1199.**Crônicas de motel** – Sam Shepard
1200.**Pequena filosofia da paz interior** – Catherine Rambert
1201.**Os sertões** – Euclides da Cunha
1202.**Treze à mesa** – Agatha Christie
1203.**Bíblia** – John Riches
1204.**Anjos** – David Albert Jones
1205.**As tirinhas do Guri de Uruguaiana 1** – Jair Kobe
1206.**Entre aspas (vol.1)** – Fernando Eichenberg
1207.**Escrita** – Andrew Robinson
1208.**O spleen de Paris: pequenos poemas em prosa** – Charles Baudelaire
1209.**Satíricon** – Petrônio
1210.**O avarento** – Molière
1211.**Queimando na água, afogando-se na chama** – Bukowski
1212.**Miscelânea septuagenária: contos e poemas** – Bukowski
1213.**Que filosofar é aprender a morrer e outros ensaios** – Montaigne
1214.**Da amizade e outros ensaios** – Montaigne
1215.**O medo à espreita e outras histórias** – H.P. Lovecraft
1216.**A obra de arte na era de sua reprodutibilidade técnica** – Walter Benjamin
1217.**Sobre a liberdade** – John Stuart Mill
1218.**O segredo de Chimneys** – Agatha Christie
1219.**Morte na rua Hickory** – Agatha Christie
1220.**Ulisses (Mangá)** – James Joyce
1221.**Ateísmo** – Julian Baggini
1222.**Os melhores contos de Katherine Mansfield** – Katherine Mansfied

1223(31).**Martin Luther King** – Alain Foix
1224.**Millôr Definitivo: uma antologia de *A Bíblia do Caos*** – Millôr Fernandes
1225.**O Clube das Terças-Feiras e outras histórias** – Agatha Christie
1226.**Por que sou tão sábio** – Nietzsche
1227.**Sobre a mentira** – Platão
1228.**Sobre a leitura *seguido do* Depoimento de Céleste Albaret** – Proust
1229.**O homem do terno marrom** – Agatha Christie
1230(32).**Jimi Hendrix** – Franck Médioni
1231.**Amor e amizade e outras histórias** – Jane Austen
1232.**Lady Susan, Os Watson e Sanditon** – Jane Austen
1233.**Uma breve história da ciência** – William Bynum
1234.**Macunaíma: o herói sem nenhum caráter** – Mário de Andrade
1235.**A máquina do tempo** – H.G. Wells
1236.**O homem invisível** – H.G. Wells
1237.**Os 36 estratagemas: manual secreto da arte da guerra** – Anônimo
1238.**A mina de ouro e outras histórias** – Agatha Christie
1239.**Pic** – Jack Kerouac
1240.**O habitante da escuridão e outros contos** – H.P. Lovecraft
1241.**O chamado de Cthulhu e outros contos** – H.P. Lovecraft
1242.**O melhor de Meu reino por um cavalo!** – Edição de Ivan Pinheiro Machado
1243.**A guerra dos mundos** – H.G. Wells
1244.**O caso da criada perfeita e outras histórias** – Agatha Christie
1245.**Morte por afogamento e outras histórias** – Agatha Christie
1246.**Assassinato no Comitê Central** – Manuel Vázquez Montalbán
1247.**O papai é pop** – Marcos Piangers
1248.**O papai é pop 2** – Marcos Piangers
1249.**A mamãe é rock** – Ana Cardoso
1250.**Paris boêmia** – Dan Franck
1251.**Paris libertária** – Dan Franck
1252.**Paris ocupada** – Dan Franck
1253.**Uma anedota infame** – Dostoiévski
1254.**O último dia de um condenado** – Victor Hugo
1255.**Nem só de caviar vive o homem** – J.M. Simmel
1256.**Amanhã é outro dia** – J.M. Simmel
1257.**Mulherzinhas** – Louisa May Alcott
1258.**Reforma Protestante** – Peter Marshall
1259.**História econômica global** – Robert C. Allen
1260(33).**Che Guevara** – Alain Foix
1261.**Câncer** – Nicholas James
1262.**Akhenaton** – Agatha Christie
1263.**Aforismos para a sabedoria de vida** – Arthur Schopenhauer
1264.**Uma história do mundo** – David Coimbra
1265.**Ame e não sofra** – Walter Riso
1266.**Desapegue-se!** – Walter Riso
1267.**Os Sousa: Uma famíla do barulho** – Mauricio de Sousa
1268.**Nico Demo: O rei da travessura** – Mauricio de Sousa
1269.**Testemunha de acusação e outras peças** – Agatha Christie
1270(34).**Dostoiévski** – Virgil Tanase
1271.**O melhor de Hagar 8** – Dik Browne
1272.**O melhor de Hagar 9** – Dik Browne
1273.**O melhor de Hagar 10** – Dik e Chris Browne
1274.**Considerações sobre o governo representativo** – John Stuart Mill
1275.**O homem Moisés e a religião monoteísta** – Freud
1276.**Inibição, sintoma e medo** – Freud
1277.**Além do princípio de prazer** – Freud
1278.**O direito de dizer não!** – Walter Riso
1279.**A arte de ser flexível** – Walter Riso
1280.**Casados e descasados** – August Strindberg
1281.**Da Terra à Lua** – Júlio Verne
1282.**Minhas galerias e meus pintores** – Kahnweiler
1283.**A arte do romance** – Virginia Woolf
1284.**Teatro completo v. 1: As aves da noite *seguido de* O visitante** – Hilda Hilst
1285.**Teatro completo v. 2: O verdugo *seguido de* A morte do patriarca** – Hilda Hilst
1286.**Teatro completo v. 3: O rato no muro *seguido de* Auto da barca de Camiri** – Hilda Hilst
1287.**Teatro completo v. 4: A empresa *seguido de* O novo sistema** – Hilda Hilst
1288.**Sapiens: Uma breve história da humanidade** – Yuval Noah Harari
1289.**Fora de mim** – Martha Medeiros
1290.**Divã** – Martha Medeiros
1291.**Sobre a genealogia da moral: um escrito polêmico** – Nietzsche
1292.**A consciência de Zeno** – Italo Svevo
1293.**Células-tronco** – Jonathan Slack
1294.**O fim do ciúme e outros contos** – Proust
1295.**A jangada** – Júlio Verne
1296.**A ilha do dr. Moreau** – H.G. Wells
1297.**Ninho de fidalgos** – Ivan Turguêniev
1298.**Jane Eyre** – Charlotte Brontë
1299.**Sobre gatos** – Bukowski
1300.**Sobre o amor** – Bukowski
1301.**Escrever para não enlouquecer** – Bukowski
1302.**222 receitas** – J. A. Pinheiro Machado
1303.**Reinações de Narizinho** – Monteiro Lobato
1304.**O Saci** – Monteiro Lobato
1305.**Memórias da Emília** – Monteiro Lobato
1306.**O Picapau Amarelo** – Monteiro Lobato
1307.**A reforma da Natureza** – Monteiro Lobato
1308.**Fábulas *seguido de* Histórias diversas** – Monteiro Lobato
1309.**Aventuras de Hans Staden** – Monteiro Lobato
1310.**Peter Pan** – Monteiro Lobato
1311.**Dom Quixote das crianças** – Monteiro Lobato
1312.**O Minotauro** – Monteiro Lobato

L&PM POCKET MANGÁ

lepmeditores
www.lpm.com.br
o site que conta tudo

IMPRESSÃO:

PALLOTTI
GRÁFICA

Santa Maria - RS | Fone: (55) 3220.4500
www.graficapallotti.com.br